인생구십고래희

(人生九十古來稀)

엘리트 선집 53

인생구십고래희

장현경 수필집

엘리트출판사

금언(金言)과 문호(文豪)의 이야기

누구나 글을 쓰면, 책을 내고 싶어 한다. 이에 발간사는 또 다른 문학의 방향을 제시하는 좋은 사례가 될 것이다. 발간사는 나의 다정한 글 벗이다. 오랫동안 동양의 슬기와 멋을 잊고 서양의 좋은 것을 간과하지 않았나 돌이켜 본다.

나아가 우리의 전통과 지혜를 잊어서도 안 되겠다. 따라서 발간사는 내 마음을 기쁘게도 하고 더욱 고뇌하게도 한다. 인사말이 되는 발간사를 책으로 나타낼 때 발간사는 시대가 변하고 세상이 바뀌어도 늘 그 자리에 있다.

우리의 삶을 현실로 받아들이고 마음속에 자리 잡고 있는 금언(金言)과 대문호(大文豪)의 이야기를 남기려고 적은 글이다. 발간사는 때에 따라 우리의 삶을 풍요롭게도 하고 평온을 가져다주기도 한다.

앞으로도 문화인들과 문학창달의 궁극적 정신을 통해 서로 다른 인생 이야깃거리를 나누며 작품집의 발간사가 인사말로 표현되고, 서문(序文)이 발간사(發刊辭)로 설명되는 수필집 한 권을 여기 다듬는다.

늘 따뜻한 마음으로 성원을 보내주신 가족과 이웃의 지지에 고마운 마음 전하며 청계문학 가족 여러분의 건승과 문운을 빕니다. 나의 수필을 만나는 존경하는 독자님께 건강과 행복이 함께하시기를 기원합니다.

2023년 2월 청계서재(淸溪書齋)에서

자정(紫井) 장현경(張鉉景) 삼가 씀

CONTENTS

제3부 이즈의 무희(舞姬)

CONTENTS

제4부 인생구십고래희(人生九十古來稀)

제5부 내게 가장 소중한 것은

제6부 동방의 등불

인생구십고래희(人生九十古來稀)

제1부
가난한 사람들

001
대소이두(大小李杜)의 시인들

당나라 때는 월등히 뛰어난 시인들이 많이 있었지만, 말기에
와서는 대소이두(大小李杜) 즉 '이백(李白), 이상은(李商隱), 두보(杜甫),
두목(杜牧)'이 가장 추앙을 받고 있었다. 이 중 이상은은 풍모와
재기(才氣)로 젊은이들의 이목을 즐겁게 하였다.

중국 당나라 말기의 대표적인 유미주(唯美主義)의 시인인 이상은
(李商隱, 812~858)은
허난성(河南省) 옥계(玉谿)가 고향으로 그곳 도교 사원에서 학문을
닦으며 자랐다. 어린 시절 말단 관리였던 아버지를 여의고, 18
세 무렵 당시의 천평군절도사 영호초에게 문재(文才)를 인정받아
그의 막료가 되었으며 말년에는 태학박사(太學博士)의 직책을 맡
았다. 46세로 불우한 일생을 마칠 때까지 굴절이 많은 서정시를
썼으며, 작품집으로는 『이의산시집(李義山詩集)』이 있다.

相見時難別亦難 (상견시난별역난)
東風無力百花殘 (동풍무력백화잔)
春蠶到死絲方盡 (춘잠도사사방진)
蠟炬成灰淚始乾 (납거성회루시건)
曉鏡但愁雲鬢改 (효경단수운빈개)
夜吟應覺月光寒 (야음응각월광한)
蓬萊此去無多路 (봉래차거무다로)
靑鳥殷勤爲探看 (청조은근위탐간)

만날 때도 어렵고 헤어질 때도 어렵다
봄바람이 무력하니 꽃마저 시든다
봄누에는 죽을 때에 이르러서야 실을 뽑아내고
초는 재가 되어야 비로소 눈물이 마른다
새벽 거울에 머리칼이 희어짐이 근심스러워
밤에 시를 읊조리다 보니 달빛이 차갑구나
임 계신 봉래산 여기서 그리 멀지 않으니
파랑새야 나를 위해 살며시 찾아가 주려무나.

- 이상은, 「무제(無題)」 全文

위의 시는 이상은(李商隱)의 대표작 중의 하나다. 이 시에서의
명문장은 바로 다음의 구절이다.

春蠶到死絲方盡 (춘잠도사사방진)
봄누에는 죽을 때에 이르러서야 실을 뽑아내고
蠟炬成灰淚始乾 (납거성회루시건)
초는 재가 되어야 비로소 눈물이 마른다.

그렇다! 두고두고 되새겨볼 만한 명언이다.

　정(情)이 무척 많은 이상은(李商隱)은 감당하지 못할 사람에게 때로는 사랑을 주었다가 이루어질 수 없는 사랑으로 애를 태웠다. 사랑의 감정을 시원스럽게 말로 표현하지 못하고 혼자서 비밀스럽게 간직하고 있다가 '무제(無題)'라는 제목을 빌어 그의 감정을 글로 표현하였다. 그는 혼자만의 언어로 여러 편의 무제시(無題詩)를 표현(表現)한 무제시인(無題詩人)으로도 유명하다.

　아름답고 화려한 색채로 서정시를 즐겨 쓴 이상은의 시가 지니고 있는 강렬한 빛은 독자들을 끌어당기는 핵심적 요소가 된다. 그의 작품은 늘 신비로운 분위기를 띠고 있어, 어떻게 쓰면 독자가 공감할 수 있고 함께 호흡할 수 있는가를 깊이 고민해야 하는 오늘의 작가들에게 이상은의 무제 시(詩)들은 잔잔한 심금을 울리고 있다.

002
유자음(遊子吟)

중국 절강성(浙江省) 호주(湖州) 덕청(德淸) 사람들이 자랑하는 많은 명인 가운데 한사람인 당나라 시인 맹교(孟郊, 751~814)의 시 「길 떠나는 아들의 노래(遊子吟)」는 중국 초등학교 1학년 교과서에 실려 있을 정도로 유명한 천고의 절창이다. 1992년 홍콩에서는 홍콩 주민들이 가장 사랑하는 당시(唐詩) 10수를 선정하는 행사를 개최한 적이 있는데, 「유자음(遊子吟)」이라는 이 시가 당당히 1위를 차지하였다. 어떠한 점이 그토록 홍콩 주민들의 마음을 끌어당겼을까?

먼저 이 시를 읽어보도록 하자.

慈母手中線 (자모수중선)
遊子身上衣 (유자신상의)
臨行密密縫 (임행밀밀봉)
意恐遲遲歸 (의공지지귀)

誰言寸草心 (수언촌초심)
報得三春暉 (보득삼춘휘)

자애로운 어머니 손끝의 실은
길 떠나는 아들의 몸에 입힐 옷이라
떠나기 전 한 땀 한 땀 꼼꼼히 꿰매시는 것은
더디 돌아올까 걱정하는 마음이시라
누가 감히 말하리오. 풀 같이 연약한 효심이,
봄빛 같은 어머니 은혜를 갚을 수 있다고.

- 맹교, 「유자음(遊子吟)」全文

맹교는 젊었을 때 산수에 은거하며 자칭 처사라 하였다. 과거에 번번이 고배를 마시다가, 46살 무렵에야 진사 시험에 합격하여 율양위(溧陽尉)가 되었다. 늦더라도 끝까지 학문에 정진하는 그의 자세가 오늘의 문인에게도 귀감이 되고 있다. 맹교는 시를 잘 지었고, 시풍(詩風)은 수경(瘦硬)하여 '교한도수(郊寒島瘦)'라 하였고 작품은 악부(樂府)나 고시(古詩)가 많았는데, 외면적인 고풍(古風) 속에 예리하고 창의적 감정과 사상이 담겨 있다. 성격이 강직하고 지조가 있어 친구 장적 등은 그에게 빛이 사방을 비춘다는 의미로 정요(貞曜) 선생이라는 시호를 지어주기도 하였다. 저서에 『맹동야시집(孟東野詩集)』 10권이 있다.

이 시는 한 줄기 풀과 같은 미미한 자식의 효심으로 천지를 비추는 봄빛과 같은 어머니의 은혜에 보답할 수 없다는 것을 비유한 것이다. 길 떠나는 아들을 위해 한 땀 한 땀 옷을 만드는 어머니의 순결하고 숭고한 사랑을 묘사하고 있는데, 소박하고 자연스러울 뿐 아니라 부모와 자식과의 관계를 '결초보은(結草報恩)'이라는 한 마디로 되돌아보게 하여, 요즘 세태에 심금을 울려주고 있다.

이제 우리는 모두 효행(孝行)에 책임을 지는 진솔한 글쓰기가, 더불어 단체의 일익을 담당하는 데 인색하지 않았으면 좋겠다. 내 분량에 적합하지 않은 다작(多作)을 양산하거나 난시(難詩)로 독자의 공감을 얻으려는 행위는 위험천만이다.

003

벗과 함께 잠자며

이백은 성당(盛唐) 때 쓰촨(四川)성 출신으로 자는 태백(太白)이고, 호는 청련거사(青蓮居士)이다. 당나라 때의 시인 두보와 함께 '이두(李杜)'라 불렸고, 이백은 '시선(詩仙)', 두보는 시성(詩聖)이라 불렸다. 맹호연, 원단구(元丹邱), 두보 등 많은 시인과 교류를 했고 유람을 통한 그의 발자취는 중국 각지에 닿지 않은 곳이 없을 정도였다. 이백은 당 현종의 부름을 받아 궁정 시인으로 활동하며 '술 속의 팔선(八仙)'으로 또는 하늘나라에서 쫓겨난 신선(神仙)으로 불리기도 하였다. 그는 한때 정치에 참여하였다가 옥살이와 유배 도중 사면을 받기도 하였으나 말년에는 빈객으로 친척 집에서 이태백의 문학적 소양과 예술적 천재성에 비해 너무도 쓸쓸히 초라한 죽음을 맞이했다. 전설에 따르면 장강 채석기(採石磯)에서 장강에 비치는 달그림자를 잡으려다가 동정호로 뛰어들어 익사했다고도 한다.

滌蕩千古愁 (척탕천고수)

留連百壺飲 (유련백호음)

良宵宜淸談 (양소의청담)

皓月未能寢 (호월미능침)

醉來臥空山 (취래와공산)

天地卽衾枕 (천지즉금침)

천고의 시름 말끔히 씻으려고

연달아 백 항아리의 술을 들이켰네.

정담을 나누기에 더없이 좋은 밤이요

휘영청 밝은 달에 아직도 잠들지 못하네

취하여 인적이 드문 산에 누우니

하늘이 이불이요 땅이 곧 베개로다.

- 이백, 「우인회숙(友人會宿)」 全文

   제목은 '벗과 함께 잠자며'라는 뜻으로, 벗을 만나 하룻밤을 함
께 보내는 정회(情懷)를 묘사한 오언고시(五言古詩)이다. 천지를 이
부자리로 삼는 자유인, 거침없고 호방한 이백의 풍모가 잘 드러
나 있는 작품이다.

   이백은 젊어서부터 도교에 심취하여 그의 시가 보여주는 환상
성은 대부분 도교적 발상에 의한 것이다. 나아가 이백은 인간을

초월하여 인간의 자유를 비상하는 방향으로 지향하였으나, 두보
는 언제나 인간으로서 성실하게 살고 인간 속에 침잠하는 시풍
을 취하였다.

이백의 시재(詩才)는 천래(天來)의 재, 즉 '천재(天才)'라고 했다. 당
시(唐詩)를 중국 문학의 꽃이라 할 수 있는데 이백의 시는 그 꽃
중의 꽃이라고 평가받는다. 중국에서 가장 걸출한 낭만주의 시
인으로 꼽히고, 중국 최고의 시인으로 1천여 편에 달하는 시문
이 현존한다. 이백의 시상은 협기(俠氣)와 신선과 술이라고 할 수
있다. 대표작품으로 『이태백집(李太白集)』이 있다.

이백의 시풍에는 압축 요약하여 깔끔하고 별로 어려운 글자 없
이 작품을 빚어내는 경향을 볼 수 있다고 한다. 바로 이런 점 때
문에 근엄한 운율과 탄탄한 구성의 두보(杜甫)의 시는 모방할 수
있어도, 평이하지만, 천의무봉(天衣無縫)에 가까운 이태백의 시는
모방하기 힘들다는 이야기도 있다.

004
쇠자루 갈아 바늘을 만든다

　이백(李白, 701-762)은 중국 당나라의 시인, 자는 태백(太白)이며 촉(蜀)나라 사람이다. 어느 날 이백이 나비를 따라 냇가에 이르니 백발의 할머니가 쇠자루를 갈고 있었다. 그래서 노파에게 묻기를. "왜 쇠자루를 갈고 있으시오?" 할머니는 말하기를 "이를 갈아서 수놓는 바늘을 만들어야겠다." 이백은 다시 "어떻게 바늘이 될 것 같소?" 하고 되물으니. "농담을 하시는군요." 이 말에 이백은 도무지 믿어지지 않았다. 노파는 다시 "너는 우공(愚公)이 산을 옮겼다는 이야기를 들었느냐?" 하면서 "애야, 열심히 갈면 쇠자루도 바늘이 된다. 마음이 있으면 무엇이든지 할 수 있다"고 말을 했다. 생각할수록 일리가 있었다. 이때부터 '쇠자루 갈아 바늘을 만든다.'는 이 말은 이백의 좌우명이 되었다. 공부할수록 그의 학업은 크게 발전되었다. 15세 때 시를 배워 쓰고 결국 도통한 시선(詩仙)이 됐다. 그는 이태백집(李太白集) 36권을 편찬했다.

굴원(屈原, BC343~289)은 춘추전국시대(春秋戰國時代) 초(楚)나라에서 태어나 오랜 세월 정치를 하다가 간신들에게 휘둘려 우여곡절 끝에 투신자살하였다. 현재 지명(地名)인 멱수(汨水) 강가에 그의 무덤이 있으며, 그 곁에 충절을 기리는 사당이 세워져 애국(愛國) 충절(忠節)을 기리고 있다. 중국에서 굴원이 자결한 날인 음력 5월 5일을 단오절(端午節)이라고 해, 그를 추모하는 제일(祭日)로 정해져 내려오고 있다.

抽刀斷水水更流(추도단수수갱류)
擧杯銷愁愁更愁(거배소수수갱수)
人生在世不稱意(인생재세불칭의)
明朝散髮弄扁舟(명조산발농편주)

칼을 뽑아 물을 베어도 강물은 다시 흐르고
잔을 들어 시름을 지우려 해도 시름 더 깊어만 가네
사람이 세상에 살아가는데 만사 뜻대로 되지 않으니
내일 아침 산발한 머리로 조각배 타고 놀아나 보리.

- 이백, '宣州謝眺樓餞別校書叔雲(선주사조루전별교서숙운)' 一部
'선주의 사조루에서 교서 숙운을 전별하다'

맨 처음 회왕에게 내쫓기어 유배되었을 때는 굴원의 장편 서정

시인 『이소(離騷)』를 써서 자신의 결백을 주장하기도 했었다. 굴원의 「어부사(漁父辭)」는 어부의 달관(達觀)한 삶의 자세와 굴원의 인품이 대조되어 그 빛을 더하는 작품이다. 진(秦)나라에 의해 조국인 초(楚)나라가 결국 멸망하자, 울분을 참지 못한 굴원(屈原)은 근심·걱정에서 벗어나지 못하여 온몸에 돌을 매달고 멱라강(汨羅江)에 몸을 던져 자결하고 만다. 그러나 이백은 끝까지 삶을 아껴 현실적인 외물(外物)의 본성을 잃지 않았으니 이것이 도가사상이다. 그리고 이태백은 예술로써 시름을 극복할 신념을 가졌다. 그리하여 근심을 시로 승화시킬 자신이 있었다. 이에 그의 비범한 위대성은 더욱 빛을 발(發)하고 있다.

005
왕소군(王昭君)

중국에서 4대 절세미녀를 "침어낙안, 폐월수화 (浸魚落雁, 閉月羞花)"라고 한다.

침어(浸魚)는 서시(西施)를 이르며, 개울가에서 손수건을 씻는 서시를 보자 물고기가 헤엄치는 걸 잊고 물속에 가라앉았다.

낙안(落雁)은 왕소군(王昭君)을 이르며, 한나라 왕소군의 금(琴) 타는 모습에 반한 한 무리의 기러기가 날갯짓하는 것을 잊고 땅에 떨어졌다.

폐월(閉月)은 초선(貂蟬)을 이르며, 초선이 고개를 들어 달을 보자, 달이 부끄러워 구름 뒤로 숨었다.

수화(羞花)는 양귀비(楊貴妃)를 가리키며, 당나라의 양귀비가 꽃밭에 가니, 그녀의 미모에 꽃들이 부끄러워 잎사귀로 꽃을 가렸다.

胡地無花草(호지무화초) 오랑캐 땅엔 꽃도 풀도 없어
春來不似春(춘래불사춘) 봄이 와도 봄 같지 않구나
自然衣帶緩(자연의대완) 옷에 맨 허리끈이 저절로 느슨해
지니
非是爲腰身(비시위요신) 가느다란 허리 몸매를 위함은
아니라오
　　　- 동방규, 「소군원(昭君怨)」 삼수(三首)

昭君拂玉鞍(소군불옥안) 왕소군이 치맛자락 구슬 안장 훔치듯
上馬啼紅頰(상마제홍협) 말 위에 올라타니 붉은 뺨에 눈물
흐르네
今日漢宮人(금일한궁인) 오늘은 한나라 궁궐 여인이지만
明朝胡地妾(명조호지첩) 내일 아침이면 오랑캐 땅 첩이 되
리라.
　　　- 이백(李白), 「왕소군(王昭君)」 一部

이 시는 오언절구(五言絶句)로 『이태백집』 4권에 실려 있다.

왕소군(王昭君)은 절세미인으로 한 원제(漢元帝)는 화공(畫工) 모연수(毛延壽)를 시켜 궁녀들의 용모를 그려 오게 하여 그 그림을 보고 궁녀를 선택하곤 하였다. 그래서 궁녀들이 모두 화공에게 뇌물을 주어 자기 용모를 예쁘게 그려 달라고 청탁을 하였으나, 유독 왕소군은 가난하기도 했지만, 그에게 뇌물을 주지 않아 추하게 그

리니 한 번도 임금의 은총을 받지 못하였다. 뒤에 흉노(匈奴) 호한야선우(呼韓邪單于)에게 넘겨져 뇌물을 받은 여러 화공은 기시형(棄市刑)에 처해졌다고 한다. 결과적으로 왕소군 덕분에 흉노족과 한나라의 관계는 우호적으로 발전했고, 왕소군 사후 이백은 그녀의 흔적을 불과 20자로 유감없이 그려냈다.

전하는 말에 의하면, 왕소군이 흉노를 향해 떠나갈 때 정든 고국산천을 떠나는 슬픈 마음을 달랠 길 없어 말 위에 앉은 채 비파로 이별곡을 연주하고 있는데, 마침 남쪽으로 날아가던 기러기가 아름다운 비파소리를 듣고 말 위에 앉은 왕소군의 미모를 보느라 날갯짓하는 것도 잊고 있다가 그만 땅에 떨어져 버렸다고 한다. 여기에서 '낙안(落雁)'이라고 하는 애칭이 탄생하게 되었다. 흉노 땅에는 꽃과 풀이 별로 없어 동방규의 춘래불사춘(春來不似春)은 문인이 아니더라도 즐겁게 읊는 시어가 되었다. 왕소군에 대한 이야기는 이백과 동방규를 시작으로 후세 문인들의 입에 끊임없이 오르내릴 것이다.

이처럼 왕소군은 자신의 미모가 뇌물을 바치지 않아도 누군가 알아주는 사람이 있다는 것을 알았을까! 결과적으로 이웃 나라끼리 화해 무드가 조성되고 그 내용이 오늘날까지 전해지게 하는 작가가 있다는 사실이다. 우리는 동방규와 이백의 작품 활동에서 보듯이 왕소군 삶의 흔적과 봉사 정신이 후세에 모범이 될 만하다 하겠다.

006
가난한 사람들

1849년 12월 러시아 세묘노프 광장에 위치한 사형 집행 소, 반체제 혐의로 사형선고를 받은 28세의 청년이 서 있었다. 집행관이 소리쳤다.

"이제 사형 집행 전(前) 마지막 5분을 주겠다."

사형수는 절망했다. '내 인생이 이제 5분이면 끝이라니, 나는 무엇을 할 수 있을까?' 그는 기도했다. '사랑하는 내 가족과 친구들 먼저 떠나는 나를 용서하고 나 때문에 너무 많은 눈물을 흘리지 마십시오. 너무 슬퍼하지도 마십시오.' 2분이 지났다.

'후회할 시간도 부족하구나! 난, 왜 그리 헛된 시간을 살았을까? 찰나의 시간이라도 더 주어졌으면….' 그리고 마지막 1분. 사형수는 두려움에 떨며 주위를 둘러보았다. '이제 매서운 칼바람도 느낄 수 없겠구나, 맨발로 전해지는 땅의 냉기도 못 느끼겠구나, 볼 수도 만질 수도 없겠구나, 모든 것이 아쉽고 아쉽다!'

사형수는 처음으로 느끼는 세상의 소중함에 눈물을 흘렸다.

"자, 이제 집행을 시작하겠소!"

그때 사람들의 발걸음 소리가 들리고 저편에서 사격을 위해 대열을 이루는 소리가 들렸다. '살고 싶다. 살고 싶다. 조금만 더, 조금이라도….' '철커덕!' 실탄을 장전하는 소리가 그의 심장을 뚫었다. 그런데 바로 그 순간.

"멈추시오, 형 집행을 멈추시오!"

한 병사가 흰 깃발을 흔들며 달려왔다. 사형 대신 유배를 보내라는 차르(황제)의 급박한 칙령 전갈이었다. 가까스로 사형은 멈췄고 사형수는 죽음의 문턱에서 극적으로 돌아왔다. 그 사형수가 바로 러시아의 대문호(大文豪) 도스토옙스키였다. 죽음의 문턱에서 돌아온 그날 밤 도스토옙스키는 동생에게 편지를 썼다.

> 나는 내가 어디에서 왔는지 모른다
> 나는 내가 어디로 가는지 모른다
> 나는 왜 내가 존재하는지, 내가 어떤 소용이 있는지도 모른다
> 단 하나 확실한 것은 내가 곧 죽을 것이라는 사실이다
> 그러나 내가 가장 모르고 있는 것은 바로 그 죽음이다.
>
> -「죽음/ 도스토예프스키·러시아 소설가, 1821-1881」

'지난날들을 돌이켜보고 실수와 게으름으로 허송세월했던 일들을 생각하니 심장이 피를 흘리는 듯하다. 인생은 순간마다 영

원히 행복할 수 있었던 것을 조금 젊었을 때 알았더라면, 이제 내 인생은 바뀔 것이다. 다시 태어난다는 말이다.'

도스토옙스키는 4년 시베리아 유형과 4년 군 복무로 감형되었다. 후일 알려졌지만, 그것이 원래의 선고 내용이었다. 그러나 차르는 젊은이들에게 인생의 엄한 교훈을 준다는 의미로 잔인한 사형 연극을 진행하도록 지시했다. 모든 것을 포기했던 최후의 순간에 극적으로 생명을 되찾게 된 도스토옙스키는 그때 그 순간을 교훈 삼아 혹한 속에서 무려 5kg이나 되는 족쇄를 매단 채 지내면서도 창작 활동에 몰두했다. 글쓰기가 허락되지 않았던 유배 생활 중에도 시간을 낭비할 수 없어 종이 대신 머릿속으로 소설을 쓰기 시작했고 모든 것을 외워버리기까지 했다.

평생을 가난과 역경 그리고 신체적인 질환 속에서 살아온 도스토옙스키는 '인생은 5분의 연속' 또는 '시간은 생명'이란 각오로 글쓰기에 매달렸고 1881년 눈을 감을 때까지 『죄와 벌』, 『영원한 만남』, 『카라마조프의 형제들』 등 수많은 불후의 명작을 발표했다.

007

어떻게 살 것인가?

- 꼭 그래야만 하나?

어릴 때 피아노 학원에 다니면서 한 번쯤은 연습을 해보았을 법한 '엘리제를 위하여'의 작곡가, 베토벤은 1770년 12월 17일 독일의 본에서 지나치게 술을 좋아한 궁정 가수의 아들로 태어났다. 아버지는 베토벤을 모차르트와 같은 천재 음악가로 키워서 큰돈을 벌어 보려고 피아노 교육을 엄하게 했다. 다행히 베토벤도 어려서부터 음악을 좋아했기 때문에 싫증을 내지 않고 잘 견뎌 냈다고 한다.

그러다가 17세에 어머니를 잃고 28세에 청력을 잃자. 그는 신이 내린 운명을 슬퍼하며 자연 풍광이 아름다운 곳으로 요양을 떠난 후 그곳에서 32세에 자살을 결심하고 유서를 써 내려갔다. 그가 목숨을 끊으려는 순간 한평생을 병마와 싸우며 살다 간 어머니의 모습이 떠올랐다. '내가 이렇게 죽으면 내 어머니가 기뻐

할까? 이렇게 죽는 것이 어머니께 잘하는 짓인가?' 하고 생각하였다. 유서를 써 내려가면서 자신도 의식하지 못했던 음악에 대한 열정을 깨달았다. 그는 눈물을 흘리며 써놓았던 유서를 찢어 버렸다. 죽을 결심만큼 다시 한번 새로운 인생을 살겠다고 굳게 다짐했다.

세월이 흘러 베토벤은 자신의 기구한 운명을 저주했다. 그는 매사에 비웃음을 보냈고, 점점 침울해졌다. 불같은 성격과 거친 말버릇 때문에 극장 연주자들은 물론 주위 사람들로부터 곧잘 '미친 녀석'이란 소리를 들었다. 살아생전에 베토벤은 사람에게 치이고, 치여서 너무나 아파하고 고독했다. 결혼을 네 번이나 시도하였으나 여의치 않아 평생 독신으로 살면서 오직 음악과 더불어 일생을 마친 베토벤은 1827년 3월 26일에 57세로 세상을 떠났다.

나는 지난 6년 동안 계속해서 절망적인 병에 시달리고 있다.
다음 해에는 또 다음 해에는 낫겠지 하는 희망에 매달려 왔지만
마침내 불치의 병이라는 결론을 내리지 않을 수 없게 되었다.
이제 나는 내가 왜 이토록 아픈 것인지
그 원인만이라도 알고 싶은 마음뿐이다.
내가 죽은 후에 나를 괴롭히는 이 끝없는
고통의 원인이 무엇인지 부디 밝혀주시오.

– 베토벤의 유서 중에서

사후 200여 년이 지나 베토벤의 머리카락으로 DNA 검사가 실시되었다. 베토벤의 머리카락에서 정상인의 30배가 넘는 납이 검출되었다. 베토벤은 바로 납중독에 시달렸다.

베토벤은 이십 대 중반에 이미 청력을 잃기 시작하여 만성 복통과 간경화 우울증 편두통 등으로 고통스러운 삶을 살았다. 다소 변덕스러웠던 그의 거친 행동은 이러한 납중독 증상과 무관하지 않았을 것이다. 몸과 함께 마음의 병까지 얻은 베토벤은 이 절박한 심정을 동생과 주변 사람들에게 털어놓기도 했다.

베토벤은 작곡 활동을 위해 극심한 고통 속에서도 모르핀을 사용하지 않았다. 독일이 낳은 세계적인 불멸의 음악가 베토벤은 평생을 가난과 실연, 병고에 시달리며 살았다. 베토벤은 시련이 있을 때마다 '언젠가는 뭔가를 보여주겠다.'라고 단호히 다짐했다. 베토벤은 작품마다 한 점 부끄러움이 없도록 최선을 다했다. 생애 최고의 걸작 일부는 완전히 소리를 들을 수 없게 된 마지막 10년 동안에 작곡하였다. 지금도 그의 작품들은 식을 줄 모르고 생명력을 발휘하고 있다. 더구나 베토벤처럼 살겠다고 결심하면 언제나 그렇게 살 수 있는 기회와 능력을 주게 된다는 것을 보여주고 있다. '인생에서 고난을 극복하고 성공을 향해 힘찬 발걸음을 내디디며, 그것을 성취하려고 애쓰는 것보다 더 큰 즐거움은 없다. 즉 어떻게 살 것인가?' 악성(樂聖) 베토벤의 인생철학을 잘 표현한 말이다.

008
사람은 무엇으로 사는가?
- 세 가지 질문

레프 니꼴라예비치 톨스토이는 1828년 8월 28일 모스크바 남쪽 '야스나야 폴랴나'에서 명문 백작 가문에서 4남 1녀 중 4남으로 태어났다. 톨스토이는 두 살 때 어머니를 잃고, 아홉 살 때 아버지를 여의었다. 고아가 된 5남매는 그 후 고모에 의해 양육되었다.

톨스토이가 34살 때 크렘린에 있는 성당에서 18살의 소피아와 결혼식이 거행되었다. 순수하고 유쾌한 성격의 톨스토이와 작가, 교육자, 가족의 구성원으로 현모양처의 역할을 잘 수행해 낸 소피아는 집안을 돌보는 일 외에도 그의 곁에서 원고교정을 하고 출판을 하면서 13명의 자녀를 갖는 출산의 시대가 열린다. 그 후손들이 오늘날 세계 각처에 200여 명의 대가족을 이뤄 서로 돕고 지낸다고 한다.

1885년 출판한 『사람은 무엇으로 사는가?』라는 단편소설집에는 『세 가지 질문』이라는 단편소설이 들어있다. 『부활』, 『전쟁과 평화』, 『안나 카레니나』 등 90여 권의 명작을 남긴 톨스토이는 나이 일흔이 훨씬 넘어서 자신의 문학 인생을 되돌아보다가 자신의 소설이 인간의 삶에 어떤 기여를 했을까 하는 회의에 빠졌고, 그래서 '인간을 위한 이야기'를 쓰고 싶었다고 한다. 그렇게 써진 『세 가지 질문』이라는 톨스토이의 소설에서 어느 날 황제는 일을 하다가 세 가지 의문에 직면했다.

황제는 늘 세 가지 질문을 스스로 던진다.

일을 도모함에 있어 가장 좋은 때는 언제인가?
함께 일하기에 가장 적합한 사람은 누구인가?
평소 가장 중요한 일은 무엇인가?

다른 이의 도움을 얻고자 전국에 포고문을 붙였지만, 다양한 내용이 황제의 마음을 끌지 못하자, 그는 궁리한 끝에 한 은자(隱者)를 찾아가기로 마음을 먹었다.

은자가 황제에게 말하기를 '가장 좋은 때'는 '바로 지금'이고, '가장 필요한 사람'은 '지금 내가 만나는 사람'이고, '가장 중요한 일'은 '내 옆에 있는 사람에게 선(善)을 행하는 일이다.'라고 하였다. 세 가지 대답이 갖는 공통점은 '지금, 이 순간'이다.

톨스토이가 세상을 떠나기 10일 전, 그는 고향, 야스나야 폴랴나를 떠나, 죽음을 맞이하는 그 순간까지의 여생을 고독과 고요함 속에서 보내고자 했다. 톨스토이는 1910년 11월 7일 아스타포보 간이역 관사에서 82세의 나이로 쓸쓸히 객사한다. 그리고 자신의 일기를 통해 남긴 마지막 유언은 그를 평범한 묘지에 안장하고, 문학관과 묘비를 세우지 말 것이며, 무덤 앞에서 슬퍼하지 말라는 것이었다.

인생구십고래희(人生九十古來稀)

제2부
밤하늘의 별이 되다

009

밤하늘의 별이 되다

어린 시절 시골 들판을 정처 없이 돌아다니기를 좋아한 빈센트 반 고흐(Vincent van Gogh)는 1853년 3월 30일, 네덜란드 준데르트에서 중산층 가정의, 개신교 목사 테오도뤼스 반 고흐의 장남으로 태어났다. 그는 한때 국립중학교에서 미술 수업을 받고, 16세 때는 숙부의 주선으로 화랑에서 수습사원으로 취직을 하기도 하였다.

그의 인생은 하숙집 주인의 딸과 사랑과 실연, 직장 화랑에서의 불화와 해고, 전도사 시절을 거치며 신학대학 입학 실패 등 불행이 연속되었다. 1879년 겨울 벨기에 탄광에서 가난한 광부들과 생활을 같이하며 선교 활동을 하면서 탄광의 열악하고 비참한 환경 속에서 일하고 있는 광부들을 보고 성직보다는 미술에 더 관심을 기울이게 된다. 그 후 몇 년간 그림을 지도받으며 작품 활동을 하다가 매춘부와 동거하는 등 가족과 큰 갈등을 빚게 된다.

소식을 들은 아버지가 고흐를 정신병원으로 보내려고 했다는 것을 알자 아버지를 비롯한 기독교회 조직 자체에 심한 분노를 느끼게 되고 매춘부와의 관계도 끝이 난다. 빈털터리에 믿음마저 잃어버린 그는 절망 속에서 모든 사람과 연락을 끊고 화가가 되기를 결심하여 1883년부터 당시 산업혁명기의 찢어지게 가난했던 광부와 농부의 생활상 등을 그림으로 남긴다.

나는 불빛 아래서 감자를 먹고 있는 사람들이 접시로 내밀고 있는 손,
자신을 닮은 그 손으로 땅을 팠다는 점을 분명히 보여 주려고 했다.
그 손은, 손으로 하는 노동과 정직하게 노력해서 얻은 식사를 암시하고 있다.

– 고흐가 동생에게 쓴 편지 중 1

1885년 반 고흐의 초기 대표작인 〈감자 먹는 사람들〉을 완성. 암울하고 실의에 찼던 작가의 생활을 반영하듯 초기 작품의 특징은 암울하고 어두운 채색. 1886년 동생 테오가 있는 파리로 이주. 이때부터 그의 그림은 당시 밝게 유행하던 색채로 옮겨간다. 인상파 작가들의 영향을 받는다. 일본 그림에 충격을 받아 색채는 점점 밝아지고 양식도 완전히 변한다.

진정한 화가는 양심의 인도를 받는다. 화가의 영혼과 지성이
붓을 위해 존재하는 게 아니라 붓이 그의 영혼과 지성을 위해

존재한다.

진정한 화가는 캔버스를 두려워하지 않는다.

- 고흐가 동생에게 쓴 편지 중 2

1888년 각박한 파리 생활에 지쳐 프랑스 남부, 아를로 이주하여 화가들의 공동체 노란 집을 만든다. 여기서 폴 고갱과 동거를 시작하여 해바라기, 고흐의 방 등을 그린다. 그리고 고갱과 헤어지며 스스로 귀를 자른다. 1889년 1월 환각 증상을 일으켜 주민 고발로 3월 말까지 병원에 감금. 5월에는 스스로 정신병원에 자진 입원하였다가 1890년 정신병원에서 나와 우아즈에 정착한다. 1890년 브뤼셀의 20인전에 출품한 〈붉은 포도밭〉이 400프랑에 팔렸는데 고흐 생애 중에 유일하게 팔린 단 하나의 유화이다.

살아생전에 고흐는 '인생의 고통이란 살아 있는 것 그 자체이다.'라는 유명한 말을 남기며 1890년 7월 27일 저녁 자신의 가슴에 권총 자살을 기도하여 고통 속에서 이틀을 지낸 후 37세로 세상을 떠난다. 그는 자신의 그림을 베토벤의 음악과 비교하며 10년 남짓한 화가 생활 중에 3년은 습작, 7년의 열정으로 불멸의 작품 유화 879점, 수채화 1300점, 스케치, 드로잉 등 모두 2,100점 이상을 남겼다. 세월은 흘러 1962년 빈센트 반 고흐 재단이 설립되고 1973년 율리아나 여왕에 의해 반 고흐 미술관이 설립되었다.

  이처럼 우리는 고흐의 일생을 보며 한 인간이 그림과 일기를
통하여 밤하늘의 별이 될 수 있다는 것을 본다. 스무 살 때부터
쓰기 시작한 그의 편지와 화가로서 불꽃 같은 삶을 살아 낸 고흐
의 일생은 우리의 삶을 다시 한번 되돌아보게 한다.

[별이 빛나는 밤]

010

피카소를 사랑한 재클린 로크

- 세기의 사랑

파블로 피카소(Pablo Picasso, 1881~1973)는 스페인 남부 말라가에서 식당 실내장식 전문가인 화가의 아들로 태어났다. '나는 결코 어린아이처럼 데생한 적이 없다. 열두 살 때 이미 라파엘로처럼 그렸다.'고 말할 정도로 그는 어렸을 때부터 그림에 대해 천재성을 보여 주었다.

그의 경력의 절정은 1944년부터 1973년까지이다. 그의 경력 마지막 30년은 창조를 향해 정신없이 질주했다. 즉 엄청난 속도로 20세기 최고의 화가로 그 누구도 이 사람의 이름을 피하고서는 단 한 줄의 글도 써 내려갈 수 없을 정도로 예술 자체를 새로 만들어나가고 있었다. 1973년 세상을 떠났을 때 그가 남긴 페인팅, 회화, 조각, 세라믹, 프린트, 목판화 등은 4만 5,000여 점에 달했다.

피카소의 나이 열아홉 살 때 오랫동안 고대해 오던 파리로 유학 생활을 시작하게 되었다. 불어를 한마디도 하지 못했던 그에게 낯선 파리에서의 생활은 고달프기 그지없는 것이었지만, 당시의 파리는 거리 전체가 거대한 미술학교였다. 미술관을 찾아나선 그는 낯선 화가들의 그림에 넋을 잃었고, 드가, 고흐, 고갱 등의 그림을 탐욕스럽게 관찰했고 조각 판화에도 호기심을 가졌다. 그러나 그의 파리 생활은 살을 에는 고통의 연속이었다.

1953년 피카소가 새롭게 도자기에 심취해 가고 있을 때, 도자기 공장주의 조카인 재클린 로크를 만난다. '그녀는 커다랗고 짙은 눈망울을 지닌 지중해풍의 여인이었다.' 1961년 79세의 피카소는 드디어 이혼 경력이 있는 30세의 재클린과 조촐하게 비밀 결혼식을 올린다. 어떻게 젊은 여인이 79세의 할아버지와 결혼을 할 수 있느냐는 말에 그녀가 대답하기를 '나는 이 세상에서 가장 멋있는 청년과 결혼했다. 늙은 사람은 오히려 나다.'

재클린은 피카소에게 언제나 "나의 주인님"이라 부르며, 그녀는 아무 조건 없이 피카소에게 절대적이고 헌신적인 사랑을 바친다. 피카소의 마지막 연인 재클린 로크는 피카소의 충실한 동반자였으며 매우 사려 깊게 그를 사랑하고 존경하였다.

피카소는 다른 연인들보다도 더 많이 재클린을 작품으로 남긴다. 20년을 함께 해로하다가 피카소 사후 13년이 지나서 1986

년 마드리드 전시회를 마치고 그의 곁으로 가겠다며 권총 자살을 한다. 피카소보다 46살 연하인 재클린의 헌신적인 도움으로 피카소는 마지막 20년 동안 평온한 생활로 창작활동에만 심취할 수 있었을 뿐만 아니라 그의 말년에 그에게 끊임없이 영감을 준 뮤즈였다. 그는 죽을 때까지 그녀와 함께 살았고 1958년에 그가 구입한 보브나르그의 성에 함께 묻혔다.

이처럼 우리는 피카소의 작품 활동에서 보듯이 시련을 이기고 노력해가는 피카소의 열정과 엄격하게 자기 관리를 하며 작품 활동을 하는 모습을 보았다. 나아가 지상에서 남은 일을 마지막 전시회로 다 끝내고 곧바로 저세상으로 찾아가 보필하겠다는 피카소를 향한 재클린의 사랑은 세기의 사랑이 아닐까!

011
괴테의 사랑과 명언

시인이자 비평가 극작가 언론인 화가 무대연출가뿐만 아니라 정치가 교육가 과학자 의학자로서도 업적을 쌓은 요한 볼프강 폰 괴테는 1749년 독일 프랑크푸르트 명문 집안에서 태어나 어릴 때부터 축복받은 천재라 불린다.

괴테 하면 『젊은 베르테르의 슬픔』과 『파우스트』가 떠오른다. 그는 고등법원 실습생 시절에 자신이 실제 열애했던 여자 샬롯데를 우리 인류의 가슴에 영원한 연인으로 올려놓은 『젊은 베르테르의 슬픔』을 단 4주 만에 집필하여 단숨에 질풍노도의 시대를 열어간다. 이 소설은 여러 나라의 언어로 번역되어 괴테에게 세계적 작가로의 명성을 안겨주었다. 당시 어두운 사회와 불가능한 사랑의 고통에 대한 절망으로 베르테르가 자살하게 함으로써 같은 사랑의 열병을 앓는 괴테에게 정신적 위안을 해주었을 것이다. 괴테의 또 하나의 명작, 지금까지도 큰 영향을 미치고 있는 『파우스트』는 약 60년이라는 세월에 걸쳐 집필하여 그가 1832년 타계하기 1년 전에 완성하였다. 괴테는 자신이 '직접 겪지 않고는 한 줄의 글도 쓸 수 없다.'고 말한다. 다음은 롯데를 향한 젊은 베르테르의 슬픔이다.

법학을 공부하는 베르테르는 어머니의 유산을 정리하기 위하여 고향을 찾아가게 된다. 거기에서 베르테르는 우연히 무도회에 참석하러 가는 아름다운 처녀 롯데를 만난다. 베르테르는 '그녀가 눈을 들어 바라보는 곳은 온갖 고통이 잠잠해지고 모든 불행이 자취를 감춘다.'고 고백하고 있다. 그러나 베르테르는 여행길에서 돌아온 그녀의 약혼자인 알베르트를 보자 어쩔 수 없는 슬픔을 토로하고 있다.

베르테르는 롯데가 있는 거리를 떠나 새로운 근무지를 찾아 나선다. 결국 편지를 통해서 알베르트와 롯데가 결혼한 사이임을 알게 되자 롯데를 더욱 그리워하게 된다. 롯데를 잊지 못한 베르테르는 다시 한번 롯데를 찾아간다. 롯데의 요청으로 오시안의 시를 읽다가 베르테르는 최초이며 최후로 그녀를 포옹하고 격정적인 입맞춤을 경험한다. 그 이튿날 베르테르는 심부름하는 아이에게 알베르트를 찾아가 권총을 빌려오라고 시킨다.

그다음 날 베르테르는 알베르트와 롯데를 통하여 받은 권총에 수없이 입맞춤을 한다. 그리고 롯데에게 마지막 편지를 쓴다. 그리고 베르테르는 롯데와의 사랑의 순수성을 그대로 간직하기 위해 그날 밤에 총성이 울리고, 베르테르의 슬픔은 우리 인류의 가슴에 영원히 안식하게 된다. 베르테르는 자신이 갈망했던 대로 생전의 모습을 그대로 간직한 채, 황색 조끼와 푸른 연미복, 장화를 신은 채 매장되었다.

괴테가 남긴 명언은 많기로도 유명하다

진심으로 원한다면, 바로 이 순간을 잡으십시오.
당신이 꿈꾸는 것이 있다면, 그것을 시작하십시오.
대담함 속에 천재성과 힘과 마술이 있답니다.
단지, 시도하십시오.
그러면, 우리의 마음은 점차 뜨거워지고
일단 시작하면 일은 완성으로 치닫는다.

- 괴테의 명언 중에서

괴테는 평생 9명의 여성과 사랑을 나누었지만, 결혼을 한 여성은 크리스티아네 한 명뿐이었다. 그다지 아름답지도 않고 지적이지도 않았던 그녀는 괴테에 대한 섬세한 애정과 보살핌으로 『파우스트』 말미에서 발견한 괴테 일상의 활동에 자유스럽고 친숙하며 따뜻한 공간을 만들어 주었기 때문이 아닌가 한다. 28년 동안 해로한 그녀의 죽음에 괴테는 다음과 같은 4행시로 애도하고 있다.

오 태양이여, 암울한 구름으로부터 얼굴을 내밀려 해도
너의 애씀이 헛되구나!
내 평생 이룬 모든 공적을 다 허문다 해도
어찌 너를 잃은 상실감에 비하랴!

   이처럼 우리는 괴테가 문학 외에도 광범위하게 열정적으로 활동하는 것에 대해 감탄사를 연발한다. 짧게는 4주 길게는 60년에 걸쳐 탄생시키는 명작들은 괴테가 제대로 체험에 의해 넓고 깊게 글을 쓴다는 것을 볼 수 있다.

012
원시를 꿈꾸다

　인상주의에서 출발해 종합주의를 완성하고 상징주의로 귀착한 후기 인상파 화가의 이단아 폴 고갱은 1848년 6월 7일 프랑스 파리에서 기자인 아버지와 프랑스계 페루 혈통의 어머니 사이에서 태어났다. 그가 태어나고 얼마 지나지 않아 가족이 페루로 이주하여 약 5년간 그곳에서 살았다. 이때 보고 들은 이국의 풍광과 관습은 어린 고갱의 가슴속에 깊이 남았고, 이후 그의 작품에 밑거름이 되었다. 7세 때 아버지가 죽자 어머니는 누이와 그를 데리고 프랑스로 돌아와 오를레앙에 정착했다.

　모험을 꿈꾸던 고갱은 17세 때 사관학교에 들어갔다. 24세 때 파리 주식 중개회사에 다니면서 아마추어 화가로서 활동한 폴 고갱은 부유한 덴마크 여성, 메트 소피 가드와 결혼해 다섯 명의 자녀를 두었다. 고갱은 그림을 수집하다가 점차 취미로 그림을 그렸고, 화가들을 만나면서 전업 화가로의 길을 모색하기 시작했다. 그는 인상파 화가들과 교류하면서 소묘와 유화 기법을 터득해 나갔다.

정규 미술 교육은커녕 화단에 연고가 없어 그림이 팔리지 않고 수입이 전혀 없어 생활이 쪼들리자 그는 가족과 아내의 친정인 덴마크 코펜하겐으로 갔다. 그곳 처가에서도 그들을 박대하여 결국 결혼생활은 깨지고 말았다. 고갱은 화가로서의 꿈을 포기할 수 없어 홀로 파리로 돌아왔다. 그 뒤로 가난과 고난 속에 살았으며, 건강도 악화하였다. 결국 사회에서 버림받고 명성을 얻지도 못한 그는 유럽과 문명사회를 경멸하게 된다. 고갱은 점차 독자적인 길을 걷기 시작했다.

1886년 고갱은 경제적인 곤궁을 해소하고자 브르타뉴 지역의 퐁타방으로 이주했다. 그해 그린 「퐁타방의 빨래하는 여인들」 등에서는 혁신적인 구도, 단순화된 형태 묘사, 우아하면서도 신비로운 인물의 표정과 시선 처리 등 고갱의 새로운 모색이 드러난다. 이 무렵 고갱은 빈센트 반 고흐를 알게 되고 아를에서 공동생활을 잠시 하기도 했다.

이후 고갱은 마르티니크 섬을 여행하면서 열대 지방의 색채와 원시 공동체의 단순한 생활에 큰 감흥을 받는다. 이로써 그는 인상파와 결별하고 '원시 미술로의 회귀'를 주장하게 된다. 1891년, 결국 고갱은 원시적인 신비감을 직접 체험하기 위해 남태평양 타히티섬에서 원주민들과 함께 살며 강렬한 충격을 주는 그림들을 그려 현대 미술에 큰 영향을 미친다. 타히티에서 고갱은 현지 13살 원주민 소녀와 동거하면서 아이도 낳았다. 그러나 고갱은 가난과 질병, 사랑했던 자녀들의 죽음 등으로 자살 시도를 할 정도로 우울증을 겪는다. 그는 이 슬픔을 작품을 통해 달랬고,「두 번 다시」를 그려 당시 고갱의 불안한 마음 상태를 잘 드러낸다.

타히티에서 고갱의 대표작은 1897년에 한 달 동안 밤낮으로 그린「우리는 어디에서 왔는가? 우리는 누구인가? 우리는 어디로 가는가?」이다. 이 작품 역시 최악의 상황 속에서 자신에게 남은 모든 정력을 바쳐 그렸다고 한다. 인간의 과거와 현재, 미래를 인간 존재의 근원을 고찰하는 철학적인 작품으로, 무의식과 상상력만을 이용해 인간의 탄생과 삶, 죽음의 3단계를 표현한 것으로 해석된다.

1901년 고갱은 타히티를 떠나 마르케사스 제도로 향한다. 이곳에서 고갱은 다시 예술가로서의 활력을 얻어 여러 작품을 그렸다. 그러나 영양실조로 건강은 점차 악화하였고,「눈 속의 브르타뉴 풍경」을 끝으로 1903년 5월 8일 55세로 이곳에서 눈을 감았다. 방랑 생활 끝에 이국의 섬에서 고독하게 생을 마친 고갱의 일생은 작품만큼이나 강한 인상을 주어 한참 후에 그 가치를 발견하게 된다. 후일 서머셋 몸은『달과 6펜스』에서 그를 모델로 예술가의 삶을 그려 내기도 했다. 그는 자신의 삶과 작품에 대해 이런 글을 남겼다.

"원시미술은 영혼으로부터 나오며 자연을 이용하지만, 이른바 정제된 미술은 관능으로부터 나오며 자연을 섬긴다. 자연은 원시미술의 하녀이며, 정제된 미술의 정부(情婦)이다. 자연은 사람으로 하여금 자신을 찬양하게 함으로써 사람의 영혼을 실추시킨다. 이렇게 해서 우리는 자연주의라는 가증스러운 오류로 굴러 떨어지고 마는 것이다."

이처럼 우리는 고갱이 많은 예술가가 그러하듯이 광범위하게 열정적으로 활동하는 것에 대해 감탄사를 연발한다. 생이별과 사별로 가족을 잃고, 경제적 어려움에도 흔들리지 않고, 삶의 궤적에 따라 이동하는 배경과 탄생하는 명작들을 독자는 볼 수 있을 것이다. 이제야 나의 가치를 알아주는구나! 1882년 작품, "언제 결혼하니?"가 얼마 전 경매에서 3억 달러로 최고가를 기록하였다.

013
세상을 바꾼 극작가

1564년 봄 영국 스트랫퍼드 어폰 에이번에서 태어난 윌리엄 셰익스피어(William Shakespeare)는 시인, 극작가이다. 잉글 랜드 유복한 집안 출신으로 런던으로 이주하고서 유랑극단에 관심을 기울이며 배우이자 작가로서 일약 명성을 얻기 시작하였다. 1582년 8살 연상의 앤 하서웨이와 결혼하였고, 1586년부터 약 10년 기간에는 확실한 기록이 없어 평범하게 지낸 듯 셰익스피어의 '잃어버린 세월(the lost years)'이라고 불린다.

1594년부터 약 6년 동안 극단 생활로 가장 화려한 활동기를 보냈으며, 생전에 영국 '최고의 극작가 지위'에 올랐다. 『로미오와 줄리엣』, 『햄릿』처럼 인간 내면을 통찰한 걸작을 남겼으며 여타 작가와 다르게 자연 그 자체에서 깊은 생각과 뛰어난 지식으로 셰익스피어는 당대 최고의 희곡 작가로 칭송받았다.

그를 향해 동료 극작가 벤 존슨은 "어느 한 시대의 사람이 아니라 모든 시대의 사람"이라 하고, 토머스 칼라일은 "영국 식민지 인도와도 바꿀 수 없다"고 밝혔으며, 여왕 엘리자베스는 생전에 "국가를 모두 넘겨주는 때에도 셰익스피어 한 명만은 못 넘긴다."라는 유명한 말을 남겼다.

뛰어난 시적 상상력, 놀랄 만큼 풍부한 언어 구사, 매우 다양한 무대형상화 솜씨 등에서 불멸의 작가, 셰익스피어를 따를 사람이 없다. 영국이 낳은 국민 시인으로 현재까지 가장 뛰어난 신비의 극작가로 손꼽힌다. 『햄릿』, 『오셀로』, 『리어왕』, 『맥베스』 등 불후의 명작을 탄생시켰으며 1616년 4월 23일 작고하였다.

그대를 여름날에 비하리까
- 소네트 18번

그대를 여름날에 비하리까?
그대는 더욱더 사랑스럽고 온화하지
거친 바람은 5월의 고운 꽃봉오리를 흔들고
여름은 너무도 짧다
때로는 태양이 뜨겁도록 이글거리고
그 금빛 얼굴은 자주 흐려지고
무릇 아름다운 것 또한 변화에
그 고운 빛이 바랜다

그대의 여름은 영원히 시들지 않고

아름다움을 잃지도 않을 것이며

죽음은 그의 그늘 속을 그대가 헤맨다 해서

자랑하지 못하리라

이제 이 불멸의 노래에 그대가 살아

인간이 숨 쉬고, 눈이 볼 수 있는 한

이 시가 살아 그대에게 생명을 주리라.

- W. 셰익스피어

슈베르트(1797-1828)는 낭만적 고전파로 31살의 짧은 생애 동안 무려 600여 곡의 가곡을 남겨 "가곡의 왕"이라고 불린다. 어느 날 슈베르트가 친구와 교외를 산책하다가 우연히 어느 술집에서 셰익스피어의 시를 보고 즉석에서 악상을 얻어 친구가 오선을 그려 준 메뉴판 뒷면에 작곡했다는 유명한 이야기가 있다.

014
노인과 바다

어니스트 헤밍웨이(Ernest
Hemingway)라고 하면 누구나 제
일 먼저 그의 대표작으로 『노인과
바다(The Old Man and the Sea)』를
떠올린다. 헤밍웨이는 1899년 7월 21일
미국 일리노이주에서 의사인 아버지와 성악가 겸 화가인 어머니
의 장남으로 탄생했다.

그는 고등학교 때부터 글을 쓰기 시작하여 주목을 받았다.
1917년 고등학교를 졸업하자마자 대학에 가는 대신 캔자스시
티 지의 기자로 채용되어 직업훈련을 받았다. 제1차 세계대전
때는 미국 적십자사의 구급차 운전사로 참전했다. 해외통신원으
로 프랑스 파리에 근무하면서 미국 작가 스콧 피츠제럴드, 에즈
라 파운드 같은 작가들에 힘입어 1925년 최초의 단편집 『우리
시대에(In Our Time)』를 출간하였고, 1926년에는 장편 『해는

또다시 떠오른다(The Sun Also Rises)』를 출간하여 이 작품으로
남의 이목을 끌게 되었다.

헤밍웨이는 외적으로는 낚시와 사냥을 즐기며 엄청난 애주가
로 가장 남자다운 면을 보였지만, 내적으로는 연약하고 어두운
곳에서는 잠을 이루지 못하는 성격이었고 죽음을 두려워하기도
했다고 한다. 그러나 그의 사생활은 네 번의 결혼, 세 번의 이혼
등 여성 편력이 많았으며 그리고도 대담하고 힘찬 글과 행복은
손닿는 곳에 있다는 그의 말처럼 널리 공개된 생활로 유명했다.

『노인과 바다』, 『무기여 잘 있거라』, 『누구를 위하여 좋은 울리
나?』 등 불꽃 같은 삶을 살아간 헤밍웨이의 작품들은 영화로 만
들어졌다. 그는 1953년에 『노인과 바다』로 퓰리처상(Pulitzer
Prize for Fiction)을 받았고 1954년에는 노벨문학상(Nobel
Prize in Literature)을 받은 20세기 미국을 대표하는 작가이다.

그는 아내가 바뀔 때마다 대작이 탄생하는 기록을 갖고 있다.
첫 번째 아내인 해들리 때는 『해는 또다시 떠오른다.』(1926), 두
번째 아내 폴린 때는, 『무기여 잘 있거라.』(1929), 세 번째 아내
겔혼 때는, 『누구를 위하여 종을 울리나?』(1940), 네 번째 아내
웰시와 결혼 후, 『노인과 바다』(1951) 등이다. 아이러니하게도
이혼할 때마다 그동안 써온 대작을 발표한 셈이다. 헤밍웨이 문
체는 간결 깔끔하며 다독(多讀) 다작(多作) 다사(多思)로 유명하다.

『노인과 바다』는 거대한 청새치를 낚아 운반하다가 상어에 빼앗기고 마는 쿠바의 늙은 어부에 관한 이야기. 『누구를 위하여 종을 울리나?』는 스페인에서 전쟁이 만들어내는 동지애에 초점을 맞추었다. 소설, 『킬리만자로의 눈』에 다음과 같은 구절이 있다. '킬리만자로 6,000m 정상 부근에는 말라서 얼어 죽은 한 마리 표범의 사체가 있다. 이처럼 높은 곳에서 표범이 무엇을 찾아 그렇게 높은 곳까지 올라갔는지 아무도 알지 못했다.'

그의 작품은 왕성한 활동의 산물인가! 그에게 이혼과 여성 편력은 걸작을 내놓기 위한 수단이었을까! 끝내는 엽총으로 자살을 했으니. 그의 죽음을 어떻게 해석해야 할지. 1961년 7월 2일 아이다호 케첨에서 그는 아침 일찍 일어나 가장 좋아하던 빨간색 가운을 걸치고 아끼던 엽총을 들고 나가 쏟아지는 햇살을 받으며 방아쇠를 당겼다. 그의 장례식은 미국에서 새벽 4시에 치러졌다. 헤밍웨이의 유언대로 새벽 4시에 장례식장에 추모하러 온 추모객들에게는 헤밍웨이의 유산 400만 불이 나눠졌다고 한다.

오늘날 미국의 훌륭한 작가 중의 하나로 기억되고 있지만, 그런 그도 항상 고독과 우울증에 시달렸다. 엽총 자살로 삶을 마감할 수밖에 없었던 헤밍웨이의 일생은 말년의 작품, 『노인과 바다』에서 보여주듯 인생이 그리고 인생의 모든 목표가 참으로 파괴는 있어도 패배는 없는 것임을 새삼 깨닫게 해주고 있다.

015
그해 겨울은 따뜻했네

　현대시를 이끈 시대의 대변인 T. S. 엘리엇(Thomas Stearns Eliot)은 1888년 9월 26일 미국 미주리주의 세인트루이스에서 태어났다. 아버지는 사업가이고 어머니는 시인이었다. 시인인 어머니는 아들이 자라면서 남다른 지적 능력이 있음을 보고 어린 아들에게 시를 쓰도록 지도한다. 모자(母子)는 일생 시를 주고받는 등 돈독한 관계를 유지하며 나중에는 어머니의 시극에 서문(序文)을 붙여주고 출판도 하였다.

　토마스 엘리엇은 1906년 하버드 대학에 입학해 4년 학부 과정을 3년에 마치고 하버드 대학원에서 1년 만에 석사 학위를 취득했으며, 이후에 소르본 대학과 옥스퍼드 대학 등에서 수학했다. 이어 여러 나라의 언어와 철학을 공부했으며 상징주의 시인들과 시를 쓰기 시작했다. 1915년에 결혼했으며 런던에서 9년간 은행원으로 일하면서 시를 썼다.

1922년 엘리엇은 계간지 『크라이테리언』을 창간하고 편집을 하면서, 이 잡지에 『황무지』를 발표했다. 20세기를 대표하는 시, 『황무지(荒蕪地, The Waste Land)』는 전편 434행 5부로 구성되어 있으며 제1차 세계대전 후 약 4년 동안 유럽 사회의 정신적 혼미와 황폐를 황무지로 상징화한 작품이다. 즉 죽음 앞에 선 인간의 운명에 대한 깊은 통찰을 담은 시다. 다음은 『황무지』 1부의 서두(書頭)이다.

> 4월은 가장 잔인한 달,
>
> 죽은 땅에서도 라일락을 키워내고,
>
> 추억과 욕망을 뒤섞으며
>
> 봄비가 내려 잠든 뿌리를 뒤흔든다.
>
> 겨울은 오히려 따뜻했다,
>
> 망각의 눈은 대지를 뒤덮고,
>
> 메마른 구근(球根)들로 가냘픈 목숨을 이어 주었다.

> April is the cruelest month, breeding
>
> Lilacs out of the dead land, mixing
>
> Memory and desire, stirring
>
> Dull roots with spring rain.
>
> Winter kept us warm, covering
>
> Earth in forgetful snow, feeding
>
> A little life with dried tubers.

엘리엇은 시, 황무지(The Waste Land)와 희곡, 대성당의 살인 (Murder in the Cathedral)과 칵테일 파티(The Cocktail Party) 등을 통해 모더니즘 운동을 주도했다. 제2차 세계대전이 발발하자 엘리엇은 우울증에 시달렸고, 미래를 내다볼 수 없다는 회의감에 빠져 있었다. 이 시기에 정신질환 성향이 있던 아내와 불화 끝에 이별하였다. 무엇보다 그를 힘들게 한 것은 앞날에 대한 염세적인 관점이었다. 이런 상황에서도 시 쓰기를 게을리하지 않아 말년의 걸작 『사중주』를 탄생시켰다.

시인, 희곡작가, 문학평론가로서 엘리엇은 20세기 문화에 지대한 영향을 주었으며, 시어 문체 운율 등의 실험으로 영시(英 詩)에 새로운 활력을 불어넣었다. 평론을 통해 과거의 전통적 견해들을 타파하고 새로운 주장을 내세웠다. 또한 출판사의 편집에도 관여하며, 당시 현존하는 가장 위대한 영국의 시인이자 문학가로 인정받아 1948년 노벨 문학상과 메리트 훈장을 받으면서 시인으로서 명성은 절정에 달했다.

그의 시극은 유명하여 말년의 대표작 『칵테일 파티』가 브로드웨이에서 200회 이상 공연 기록을 세우기도 했다. 1947년 아내가 세상을 떠난 뒤, 8년간 비서로 일하던 29세의 여직원과 1957년 재혼했다. 1965년 1월 4일 런던 자택에서 작고했으며, 유해는 엘리엇의 고향 이스트 코커의 성 마이클 교회에 안장되었다. 웨스트민스터 사원 시인의 구역에는 엘리엇의 기념석이 있다.

우리는 엘리엇의 어머니가 다작(多作)의 시인이라는 사실에 주목한다. 미세한 차이가 엄청난 결과를 가져온다는 나비효과는 엘리엇의 어머니에게도 적용된다. 어린 아들에게 어머니는 역사와 문학, 철학 등의 책을 읽히고 시를 쓰도록 독려했다.

016
절망은 죽음에 이르는 병

덴마크의 실존주의 철학자였던 쇠렌 키르케고르는 1813년 5월 5일 코펜하겐에서 기독교 집안의 7남매 중 막내로 태어났다. 태어날 때부터 허약 체질이었던 그는 신체적인 열등감마저 있어 그의 우울증은 어렸을 때부터 시작됐다. 그러나 재능은 남달라서 이미 두뇌가 우수하다는 것을 인식하고 있었다. 그리고 그 자신이 얼마나 불행한가 하는 것을 아무도 알지 못하는 것이 그의 유일한 기쁨이었다.

키르케고르는 아버지의 그리스도교적인 인격의 영향을 받았지만, 그의 마음에 믿음의 확신은 없었다. 1831년, 18세 때 대학에서 아버지의 소원대로 신학을 선택했지만, 철학과 문학에 관심이 많아 괴테 셰익스피어 헤겔 등에 심취하였다. 그러나 아버지의 엄격한 지적 교육은 그를 점점 고독하게 했다.

그의 아버지는 불안과 우울증, 종교심이 깊어, 키르케고르의 성격 형성에 영향을 주었다. 그것은 젊은 시절 그의 아버지가 삶의 어려움으로 하나님을 한때 저주한 과거 때문이었다. 아버지의 지난날을 자세히 알게 된 키르케고르는 죄의 대가가 반드시 자신과 온 가족에게 내려질 것이라는 생각을 버릴 수가 없었다. 이런 불안은 현실로 나타났고 가정에 죽음의 그늘이 드리워지고, 결국 7남매 중 형제만 남았다.

이런 비극적인 상황으로 인해 키르케고르도 더욱더 우울의 심연 속으로 빠져들어 갔다. 그는 자신을 저주받은 인생이라고 생각했다. 진심으로 사랑하는 여인, 레기네 올센이 있었지만, 그녀를 사랑했기에 이 저주의 비극으로 파혼을 선언합니다. 그는 절규했다. '눈물 없이 보낸 날은 하루도 없었다.'고, '나의 일생은 영원한 밤과 같다.'고 농담을 하면 사람들이 웃었다.

이렇게 괴로운 나날 속에서 그의 죄의식은 갈수록 심화하였고, 이것이 자신의 우울과 혼합되어 나중엔 폭음까지 하게 되었다. 마침내 좋지 못한 생활로 빚쟁이가 되었고, 자살을 기도했으나 미수에 그쳤다. 그는 아버지에게서 떠나갔고, 나아가 그리스도교에서도 떠났다.

그는 종교적 실존에 대해 깊이 생각하게 되었고 신에게 귀의할 수밖에 없는 인간의 한계를 느끼게 되었다. 그리하여 신 앞에 선 단독자(單獨者)로서 그는 하나님을 상실한 비참한 자아에서 벗어나려고 처절하게 고뇌하고, 결핍된 것을 찾기 위해 부단히 노력하였다.

그리하여 그리스도의 음성이 그의 영혼을 깨끗이 씻어 주는 기적 같은 일이 그의 내부에서 일어났다. 1838년 5월 19일 오전 10시 30분. 그는 자신의 마음속에서 솟아나는 무한한 기쁨을 느꼈다. 그리고 참된 기쁨을 얻어 거듭남을 기뻐한다고 했다. 그는 자신이 권위와 관계없이 말한다는 것을 강조했으며, 삶의 주체자로서의 인간 실존에 대한 그의 다각적인 연구는 현대 철학의 밑바탕이 되었다.

그리고 인간의 이기주의에서 나오는 자기 신뢰는 커다란 오류를 범할 수 있다. 이러한 기만은 절망으로 치료할 수 있다. 사람은 극도로 비참한 궁지에 빠졌을 때 자기의 참된 모습을 볼 수 있고 그때 비로소 자기 신뢰라는 것이 환상이었음을 깨닫는다. 바로 그 순간 자신이 무엇엔가 의지하지 않으면 안 된다는 것을 깨닫는다.

그에게 있어서 실존은 신 앞에 선 단독자, 현실의 자기는 죽고 신앙적으로 다시 사는 것, 곧 신앙적인 실존이었다. 그는 차원 높은 자기 긍정을 위한 자기 부정을 실제로 체험한 후에 탄생한 그의 작품이 바로 『죽음에 이르는 병』이다. 키르케고르는 인간과 인생의 의미를 하나님과의 관계에서 찾은 기독교적인 실존주의자다.

우리는 1855년 11월 11일, 키르케고르가 과로사로 42세의 나이를 넘기지 못하고 사망하기까지 그는 일생 독신으로 신앙적인 실존에 입각한 많은 저작 활동에 심혈을 다하고 갔다는 사실에 주목한다. 그는 참된 기쁨을 얻어 거듭남을 기뻐한다고 일기에 기록했다.

제3부
이즈의 무희(舞姬)

017
겨울 나그네

프란츠 페터 슈베르트(Franz Peter Schubert)는 1797년 1월 31일 오스트리아 빈의 교외 리히텐탈에서 독일 출신의 초등학교 교장인 아버지와 요리사인 어머니 사이에서 14남매의 넷째 아들로 태어났다.

음악을 좋아하는 아버지는 슈베르트에게 5살부터 악기 교육을 했고, 그 뒤 그의 아버지의 학교에 입학한 슈베르트는 그때부터 공식적인 음악 교육을 받기 시작했다. 그리고 가족 현악 4중주에서 형 이그나츠와 페르디난트는 바이올린을, 아버지는 첼로를, 자신은 비올라를 맡아 연주하기도 하였다.

오스트리아에서는 군 복무를 일정 기간의 교사 근무로 대신하는 대체복무제를 허용하고 있었으므로 아버지의 뜻에 따라 1814년부터 아버지가 근무하는 초등학교에서 조교사로 일했다.

이때부터 작곡 활동을 시작했으며, 이 해에 미사곡을 작곡하였다.

1815년 18세 때에 그의 재능을 아는 친구들의 도움을 받아 가곡을 썼으며, 괴테의 시에 곡을 붙인 "마왕", "들장미" 등의 명작도 이 해에 작곡되었다. 1816년 친구들의 권유로 친구 집에 머물며 작곡에 몰두하였다. 이때부터 그의 방랑 생활이 시작되며, 죽는 날까지 그를 괴롭힌 매독 또한 이 시기에 감염된 것으로 추정된다. 1825년 오스트리아로 여행하며 "아베 마리아"를 작곡하였다.

평소에 모차르트를 무척 좋아했고 베토벤을 존경했던 슈베르트는 지인들의 권유로 1827년 3월 19일, 베토벤 집에서 문병 목적으로 만나게 된다. 여기서 슈베르트는 베토벤에게 자신이 작곡한 악보를 보여준다. 베토벤은 슈베르트로부터 받은 그의 악보를 보고 감탄을 금치 못했으며 이렇게 늦게 만난 것에 대해 후회를 했고 슈베르트에게 다음과 같이 말한다.

"자네를 좀 더 일찍 만났으면 좋았을 것을, 내가 살날이 얼마 남지 않았네. 슈베르트, 자네는 분명 세상을 빛낼 수 있는 훌륭한 음악가가 될 것이네. 그러니 부디 용기를 잃지 말게."

이러한 베토벤의 말 한마디가 합병증으로 인해 힘이 들어 보였고 말할 때마다 계속되는 기침으로 슈베르트는 자신이 말하는 것보다 듣는 것이 더 괴로웠다. 이것이 베토벤이 죽기 일주일 전의 일이었고 처음이자 마지막 만남이었다. 그러나 슈베르트는 1주일 뒤인 1827년 3월 26일, 베토벤이 이승을 떠나자 그의 장례식에서 애도의 횃불을 들었다.

슈베르트는 말년(末年)에 오갈 데가 없어 죽기 3개월 전에 몹시 쇠약한 몸으로 형의 집을 찾아간다. 그의 병세는 날로 악화하여 기억력이 떨어지고 술에 취한 사람처럼 몸을 비틀거리는 데다 허깨비가 보이며 혼잣말을 하는 등 정신이상의 증세를 보이다가 아내도 가정도 없이 1828년 11월 19일에 31세의 젊은 나이로 빈에서 생애를 마쳤다. 그는 평소에 존경하던 베토벤 무덤 옆에 나란히 묻혔다.

31세에 병사한 슈베르트는 가난과 타고난 병약함 등의 어려움에도 불구하고 그 짧은 일생에 수많은 가곡과 기악곡, 교향곡 등을 작곡하였다. 특히 저승에 가기 1년 전 춥고 배고프고 오선지가 없어 가장 힘들 때, 쓸쓸하고 아름다운 24곡의 연가곡집(連歌曲集), "겨울 나그네"를 발표하여 슈베르트 최고의 작품이라는 평가를 받아 그를 외롭지 않게 했다. 그 밖에 오페라·음악극의 작품이 있으며, 690곡에 이르는 가곡을 비롯하여 교향곡·실내악·피아노곡 등 1,200여 곡의 많은 작품을 남겼다.

우리는 슈베르트가 아내도 가정도 없이, 가난하고 건강이 여의치 않음에도 많은 저작 활동에 심혈을 다하고 갔다는 사실에 주목한다. 길지 않은 생애에 아름다운 음악을 남기고 간 그는 영원히 우리 곁에 남아 있을 것입니다.

018
어머니는 세다

19세기 프랑스의 낭만주의를 대표하는 시인이자 소설가, 극작
가인 빅토르 마리 위고(Victor-Marie Hugo)는 1802년 2월 26
일 프랑스의 브장송에서 나폴레옹 휘하의 군인인 아버지와 왕당
파 집안 출신인 어머니의 셋째 아들로 태어났다.

그는 프랑스를 대표하는 역사상 최고의 작가 중의 한 명이었
다. 10살 때 파리의 코르디에 기숙학교에 입학하여 독서와 시
창작에 매료됐던 그는 일기에 문인이 될 것을 스스로 다짐하였
다고 한다. 20살이 되던 1822년에 아내 아델과 결혼한 후 첫 시
집 "잡영집" 간행을 시작으로 문필 활동에 착수하였다.

이후 그는 왕성한 문학 활동으로 낭만파의 지도자가 되어갔
다. 희곡, "크롬웰(Cromwell, 1827)"에 붙인 서문으로 명성을 떨
쳤고, 소설 "노트르담의 꼽추"를 통해 소설가의 지위를 굳혔다.
1841년 빅토르 위고는 대망의 아카데미 프랑세즈 회원으로 임

명되어 작가로서 최고의 전성기를 맞는다. 그의 작품에는 가난한 노동자들에 대한 한없는 사랑이 드리워져 있다. 국내에서는 "장발장"으로 잘 알려진 "레 미제라블"에서 이를 엿볼 수 있다.

빅토르 위고가 그려낸 인간과 워털루 전쟁사를 그려낸 장엄한 서사시. 19세기 프랑스 낭만주의 문학을 대표하는 대문호 빅토르 위고의 대표작 "레 미제라블"에 관한 이야기를 즐겁게 듣는다. 영원한 승자도 패자도 없다는 교훈을 전해준다. 그리고 전쟁의 이면에서 싸우다 죽어간 이름 모를 병사들에게 연민 어린 시선을 던지며 그들의 희생과 고통을 일깨운다.

빅토르 위고의 83년간에 걸친 일생은 19세기의 대부분을 차지해 사회의 변천과 함께 만년에는 정치적 저술가로 그의 사상과 작품에서 많은 명언과 1885년 작고하기까지 20권의 시집, 10편의 희곡과 장편 소설, 5권의 논집 등 방대한 저술을 남겼다. 이처럼 열정과 위대함을 가진 작가가 남긴 명언은 그의 비길 데 없는 천성과 함께 위고를 낭만파 지도자로 만들었고, 위고가 가장 위대한 작가로 불리는 데 일조를 하였다.

"노력을 중단하면 습관을 잃는다
좋은 습관을 버리기는 쉽지만
다시 길들이기는 어려운 법이다."

– 빅토르 위고

"쉬워 보이지만 불가능한 것
그것이 바로 걸작이다."

- 빅토르 위고

"여자는 약하다. 그러나 어머니는 강하다."

- 빅토르 위고

"미래는 여러 가지 이름을 갖고 있다
나약한 자들에게 그것은 도달할 수 없는 것이다
겁 많은 자에게 그것은 미지의 것이다
용감한 자들에게 그것은 기회다."

- 빅토르 위고

"인생에서 최고의 행복은 우리가 사랑받고 있음을 확신하는 것이다."

- 빅토르 위고

우리는 평소에 "레 미제라블"과 "노트르담의 꼽추"가 누구에 의해 어떻게 탄생했는지 이야기할 수 있다는 사실에 주목한다. 길지 않은 생애에 이 두 작품을 남기고 간 빅토르 위고는 영원히 우리 곁에 남아 있을 것입니다.

019
펄 벅의 위기 탈출

펄 시던스트라이커(Pearl Sydenstricker)는 1892년 6월 26일, 미국 웨스트버지니아주 힐스보로에서 열렬한 기독교 구도자 부부인 압솔름 시던스트라이커와 캐롤라인 스털팅 사이에서 태어났다. 펄 시던스트라이커(Pearl Sydenstricker)는 태어난 지 다섯 달 만에 선교사 부모를 따라 15세까지 중국에서 성장했다.

이후 미국 랜돌프 메이컨 여대를 졸업하고 중국으로 돌아온 그녀는 중국에 선교사로 온 존 로싱 벅(John Lossing Buck)과 1917년 결혼하면서 펄 시던스트라이커는 우리에게 친숙한 이름인 펄 벅(Pearl S. Buck)이 되었으며 박진주라는 한국 이름도 갖고 있다.

펄 벅은 "대지의 작가"라는 이미지로 강연을 통해 아시아를 서구 세계에 알리기 위해 노력한 민간 외교관이자 언론인이며 인권 운동가이기도 하다. 하지만 펄 벅을 가장 힘들게 한 것은 자신이 중국에도, 미국에도 온전히 속하지 못한다는 사실일 것이다. 영어와 중국어를 능통하게 구사할 수 있었지만, 그로 인해 두 세계로부터 이방인이 되기도 하였다.

펄 벅의 아버지는 따뜻한 사랑은 물론 가정에도 무관심하여 펄 벅의 어머니가 향수병과 질병에 시달리게 되었으며 여성을 하나의 인격체로 존중하지 않았다. 펄 벅은 어린 시절 중국 아이들에게 겪었던 따돌림을 대학생이 되어서도 겪어야 했다. 펄 벅에게는 두 개의 고향이 있었지만, 그 어디에서도 환영받지 못하는 존재가 되었다.

펄 벅의 결혼 생활은 원활하지 못했다. 지적 장애 아이를 낳아 절망하지만, 후에 이 아이로 인해 자신이 작가가 된 원동력이 되었다고 한다. 실제로 그 딸은 대지의 주인공 왕룽의 딸로 형상화되어 있다. 그러던 1927년 국민당 군대가 패배하자 도시는 아수라장이 되었고, 펄 벅 가족은 백인이라는 이유로 몰살당할 뻔했지만, 서양 세계의 착취로 인한 중국인의 분노를 이해했다.

1930년 그녀의 처녀작 "동풍 서풍"은 동서양 문명의 갈등을 다룬 소설이다. 이 작품이 예상외로 성공을 거두자 이에 고무된 펄 벅은 두 번째 장편 소설 "대지"를 발표한다. 3부로 구성된 "대지"는 빈농으로 시작해 대지주가 되는 주인공 왕룽을 중심으로 그 가족의 역사를 그린 장편소설이다.

그녀는 "대지" 시리즈로 1938년 노벨 문학상을 받았다. 이어 펄 벅은 로싱 벅과 이혼하고 존 데이 출판사 대표인 로버트와 재혼한다. 중국을 떠나 미국으로 돌아온 펄 벅은 집필활동과 함께 인권사회 운동에 전념한다.

펄 벅이 한국을 처음 찾은 것은 1960년이었다. 65년에는 펄벅 재단 한국지부를 열었고, 67년에는 경기도 부천시에 '소사희망 원'이라는 복지시설을 지어 전쟁고아들의 교육과 복지에 힘썼다. 펄 벅은 소사희망원에 몇 달씩 머무르며 아이들에게 정성을 쏟았다. 지금 그 자리에는 부천 펄 벅 기념관이 세워졌다.

1973년 3월 6일 아침, 81세로 그토록 열정적으로 활동하던 펄 벅도 폐암으로 조용히 숨을 거두었다. 그녀는 평생 건강했지만, 말년에는 여러 가지 병으로 고생했다. 각종 매체에서 그녀의 죽음을 보도했으나, 여전히 펄 벅을 '위대한 소설가'로 부르지는 않았다.

펄 벅은 소설가로서 아이들이 편견의 벽 때문에 고통받지 않도록 기꺼이 울타리가 되고자 했고, 자신의 노력과 재산을 들여 실질적인 도움을 주고자 노력했던 그녀의 인간 사랑은 존중받아야 한다. 펄 벅의 한국에 대한 애정은 남달라 1963년에 구한말부터 해방까지의 수난사를 그린 소설 "살아있는 갈대(The Living Leeds)"를 펴냈다. 격변의 시대에 동서양을 아우르며 다양한 삶의 흔적을 남기고 간 소설가 펄 벅은 영원히 우리 곁에 남아 있을 것입니다.

020
이즈의 무희(舞姬)

1913년 『기탄잘리』로 노벨 문학상을 받은 인도의 시인 라빈드라나트 타고르에 이어 1968년 아시아에서 두 번째로 노벨 문학상 수상자가 배출되었다. 스웨덴 한림원에서 가와바타 야스나리의 『설국』을 '일본 정신의 정수를 표현한 완성도 높은 이야기와 섬세함을 담고 있다.'고 극찬하며 노벨 문학상 수상작으로 선정했다. 가와바타 야스나리는 극도의 미학적 표현을 사용하여 1937년 『설국』을 출간해 독보적인 일본 작가로 국내외에서 자리매김했다.

서정성이 넘치고 찰나의 아름다움을 섬세한 언어로 표현한 가와바타 야스나리는 1899년 6월 14일 일본 오사카에서 가와바타 에키지의 장남으로 태어났다. 의사였던 아버지가 지병인 폐병으로 두 살 때 사망하고 네 살 때는 어머니까지 여의어 할아버지 댁에서 자랐다. 일곱 살 때 할머니, 열다섯 살 때는 할아버지

마저 지병으로 세상을 떠나 야스나리는 외로운 어린 시절을 보내야 했다. 다른 친척 집에서 자란 다섯 살 위의 누나 역시 그가 열 살 때 유명을 달리하여 야스나리는 온갖 어려움을 겪으며 살았다.

가와바타는 소학교 중학교 고교를 보내는 동안 학창 시절 내내 우등생으로 문학을 좋아하여 단편 소설도 쓰며 도스토옙스키, 다니자키 준이치로 등 국내외 작가들의 소설은 물론 고전 문학도 탐독했다. 1920년에 도쿄 제국대학 영문학과에 입학하지만, 곧 국문학과로 전과하여 1924년에 졸업했다. 그는 23세 무렵 약혼을 하였으나 얼마 지나지 않아 파혼하였다.

대학을 졸업하고 작가의 길을 걷기 시작한 그는 같은 해 동인지 『문예시대(文芸時代)』를 창간하고, 『16세의 일기』를 발표했다. 『16세의 일기』는 그가 중학생 시절 할아버지의 죽음에 직면하여 쓴 일기를 집필한 것으로, 할아버지가 죽어 가는 모습과 이를 바라보는 소년의 감정이 생생히 묘사되어 있다. 이 작품에 따르면 그는 원래 화가가 될 생각이었으나 죽어 가는 할아버지의 얼굴을 하루하루 지켜보며 글로 묘사하면서 소설가가 되기로 결심했다고 한다.

그의 전 작품을 관통하고 있는 니힐리즘 즉 허무주의는 이런 성장기의 경험에서 형성되었다고 할 수 있다. 야스나리는 자연

속에서 인간이 이룩한 모든 것은 찰나의 것일 뿐이며, 소멸과 허무 그 너머에 역설적이게도 생에 대한 긍정이 숨어 있다고 여겼다. 그는 소멸 직전 찰나의 아름다움을 뿜어 내는 모든 것을 섬세하고 미려한 언어로 표현한 동양적 니힐리즘의 완성자라고 평가된다.

1926년, 가와바타는 서정적인 필체가 빛나는 첫 소설 『이즈의 무희』를 발표하면서 작가로 명성을 얻기 시작했다. 이 작품은 고아인 고등학교 1학년 화자가 자신의 뒤틀린 성격과 우울증을 떨치려고 이즈로 여행을 떠났다가 극단 무희인 가오루와 사랑을 나누게 된다는 이야기이다. 청춘의 방황과 설렘, 가와바타 특유의 비애와 허무주의를 묘사한 작품이다. 그는 요코미쓰 리이치 등과 감각적이고 주관적으로 재창조된 새로운 현실 세계를 새롭게 묘사하는 "신감각파" 운동을 일으켰다.

이후 가와바타는 『서정가(抒情歌)』 등 여러 작품을 발표하면서 작가로서의 입지를 확고히 했다. 만주 사변과 태평양 전쟁 기간에 발표된 작품들에는 허무주의적인 경향이 특히 강한데, 전쟁 속에서 인간성이 상실되는 광경을 목도(目睹)하면서 삶의 의미를 찾지 못하고 방황하는 가와바타의 절망과 고뇌가 담겨 있다고 할 수 있다. 그는 점차 허무주의에서 벗어나 인간 본연의 생명력에 대해 탐구하기 시작한다.

이후 1937년『설국』을 출간해, 이 작품은 발표 후 12년 동안 여러 번의 수정작업을 통해 1948년 마침내 완결판『설국』이 출간되었다. 그리고『잠자는 미녀』등의 작품에서 줄곧 아름다운 세계를 추구하여 독자적인 서정문학의 장을 열었으며 설국(雪國)은 가와바타 문학의 절정으로 꼽힌다. 1968년 그간의 작품활동으로 노벨 문학상을 받았으며 이 외에도 괴테 메달, 프랑스 예술 문화훈장, 일본 문화훈장 등 여러 상을 받았다.

1972년 3월 7일 급성 맹장염으로 입원하여 수술을 받은 후 15일 퇴원했다. 퇴원 한 달 만인 1972년 4월 16일에 자택인 즈시 마리나의 맨션에서 가스 자살로 생을 마감했다. 유서도 없었고, 죽기 직전까지 자살에 대한 어떤 징조도 보이지 않았다. 그의 책상에는 쓰다 만 원고와 뚜껑이 열린 만년필이 놓여 있었다고 한다. 그의 죽음은 많은 사람에게 큰 충격을 안겨 주었다. 1973년 3월에 가와바타 야스나리 문학상이 제정되었다. 1985년 5월에 이바라키 시립 가와바타 야스나리 문학관이 개관되었다.

021
유리알 유희

헤르만 헤세는 1877년 7월 2일 개신교 선교사인 부친 요하네스 헤세와 모친 마리 군데르트 사이에서 장남으로 태어났으며, 신학계 집안의 인문학적 가풍에서 자랐습니다. 독일 제국 뷔르템베르크에 소재한 소도시 칼브가 그의 출생지이다.

외조부 헤르만 군데르트는 뛰어난 신학자로 인도에서 다년간 포교활동을 하였고 수천 권의 장서는 헤세에게 큰 영향력을 미친다. 헤세는 가문의 전통을 이어받기 위해 1890년 라틴어 학교에 입학 이듬해 명문 신학교에 들어갔지만, 뜨거운 창작열과 자유롭고 생명력이 넘치는 삶의 갈망으로 14살인 1891년 '시인 이외에는 아무것도 되지 않겠다.'고 결심한 뒤 신학교의 권위적이고 답답한 기숙사 생활을 견디지 못하고 탈출한다.

급기야 학교생활에 적응하지 못하여 아버지와 갈등이 심화하였고, 신경쇠약증에, 짝사랑까지 겹쳐 자살을 기도하여 정신병원에 입원하게 된다. 건강을 회복한 후 1892년 칸슈타튜 김나지움에 입학 후 1년도 못 되어 퇴학당한 후 질풍노도의 청소년기를 보낸다.

이때의 상황은 1906년에 출간한 자전적 성장소설 『수레바퀴 아래서』에 잘 묘사되어 있다. '방황하는 내 소설 속의 주인공들, 그건 나 자신이었다.'고 헤세 스스로가 고백하고 있다. 1894년 17살에 고향 칼브에서 시계공장 수습공으로 일하다가 1895년부터 대학촌에서 서점일, 문학 수업, 글쓰기 등으로 비로소 삶의 안정을 되찾아 간다. 낭만주의 문학에 심취한 그는 약관 22세에 첫 시집 『낭만의 노래』를 발표하여 릴케의 인정을 받았다.

27세인 1904년에는 장편소설 『페터 카멘친트』로 문학적 지위를 얻었다. 이해에 9살 연상 피아니스트 마리아 베르누이와 결혼 세 아들의 아빠가 되었지만, 안정된 생활에 권태를 느껴 여러 나라를 돌아다니며 집필활동을 하였다. 37세에 1차 세계대전이 발발하자 전쟁 포로들과 억류자들을 위한 잡지를 발행하고 출판사를 만들어 1918년부터 1년 동안 소책자 22권을 펴냈다.

이즈음 반전 평화주의자였던 헤세는 독일 극우파로부터 매국노로 지탄받고, 자신의 저서 판매와 출판을 금지처분 받게 된다. 개인적으로도 삶의 위기가 도래하였다. 부친 사망, 아내의 정신분열증, 막내아들의 병으로 신경쇠약증이 재발하였다. 이 과정을 거치며 헤세는 옳은 신념을 가지고도 자신을 믿지 못했기 때문이라는 것을 깨닫게 된다. 이로 인해 구도적 작가로 변모하며 작품세계의 전환점을 맞는다.

헤세는 심리 치료를 위해 그림 그리기를 시작하여 3,000여 점의 그림을 남기기도 하였다. 이후 인도 여행 후 45세에 『싯다르타』를 출간하여 동서양을 아우르는 깨달음을 보여준다. 1923년 부인과 이혼, 20세 연하 루트 벵어와 재혼, 3년 후 이혼, 1931년 니논 돌빈과 재혼한다.

1931년 집필을 시작하여 1943년에 발표, 노벨문학상과 괴테 상을 안겨준 『유리알 유희』가 출간되었다. 동서양을 아우르며 죄악과 야만의 시대에서 평화와 자유의 유토피아를 창조하자는 『유리알 유희』는 2차 세계대전 중 불온서적으로 간주하다가 1946년에야 독일 출간이 재개되어 헤세는 노벨문학상을 수상하게 된다.

1962년 8월 9일 몬타뇰라에서 영면할 때까지, 영혼의 자유와 깨달음을 찾아 한시도 쉬지 않고 정진한 헤세는 이밖에도 시집 우화집 평론 서한집 등을 출간하며 세계인의 사랑을 받다가 85세인 1962년 뇌출혈로 사망한 뒤 아븐디오 묘지에 안치되었다. '이미 당신은 완전하므로 자신을 경험하고 발견하라.'고 말한 헤세는 음악과 미술, 평화와 자유는 물론 무엇보다도 인간을 사랑했습니다.

022
할렘강 환상곡

흑인 문학의 거장 랭스턴 휴즈는 1902년 2월 1일 미국 미주리 주에서 출생하였으며 시인, 소설가, 극작가이다. 그는 인종차별에 저항하는 시를 주로 썼으며, 새로운 문학예술 형식인 재즈 시의 초기 혁신자 중 한 명이었다. 랭스턴 휴즈는 할렘 르네상스 시절 그의 작품이 전성기를 이루었다.

젊은 생애를 웨이터 조수나 화물선 선실 보이와 같은 하류 직업을 전전하며 보냈다. 그러면서도 그는 삶에 대한 연민과 꿈을 잃지 않았으며, 어둡지만 따스한 마음이 그의 작품 속에 잘 나타나 있다. 한때 부친의 강요로 콜롬비아 대학에 입학하기는 했으나 곧 근처 할렘가와 술집들을 떠돌며 흑인들의 삶과 비애를 몸으로 터득했다.

그의 시는 주로 할렘의 밤거리 인생들을 노래하고 있으며, 「지친 블루」, 「할렘 나이트클럽」 등의 제목들이 암시하듯이, 흑인 예술이 번성하던 할렘 르네상스 시절에 그의 시는 이러한 할렘 분위기를 가장 잘 나타내고 있다. 랭스턴 휴즈는 65세의 나이로 전립선암에 관련된 병으로 1967년 5월 22일 이 세상과 사별했다.

랭스턴 휴즈의 시에서 우리는 어둡고 암울한 삶을 볼 수 있다. 백인 사회에서 흑인으로 살아가는 고달픈 삶을 증오와 사랑을 뒤섞어 웃음과 희망으로 나타내고 있다. 새벽 두 시에 홀로 강으로 내려가는 경우는 흔히 있는 일이 아니다. 출구 부재의 상황 즉 한계적 상황에 부딪힌 경우다.

이런 한계적 상황에서 고인이 된 어머니를 축복해 달라고 기도하고 있다. 나 하나쯤 관심도 없는 세상에 대한 절대 고독과 처절한 상황을 잘 고백하고 있다. 외롭고 힘들 때 이 시를 읽으면 따뜻한 마음이 다가와 위안이 되기도 한다.

강으로 내려가 본 일이 있는가
새벽 두 시에 홀로
강가에 앉아
버림받은 기분에 젖은 일이 있는가
어머니에 대해 생각해본 일이 있는가
이미 작고하신 어머니, 신이여 축복하소서

연인에 대해 생각해본 일이 있는가
그 여자 태어나지 말았었기를 바란 일이 있는가

할렘강으로의 나들이
새벽 두 시
한밤중
나 홀로!
신이여, 나 죽고만 싶어

하지만 나 죽은들 누가 서운해할까?

– 랭스턴 휴즈, 「할렘강 환상곡」

Did you ever go down to the river-
Two a.m. midnight by yourself?
Sit down by the river
And wonder what you got left?

Did you ever think about your mother?
Got bless her, dead and gone!
Did you ever think about your sweetheart
And wish she'd never been born?

Down on the Harlem River:

Two a.m.

Midnight!

By yourself!

Lawd, I wish I could die-

But who would miss me if I left?

- Langston Hughes, 「Reverie on the Harlem River」

　우리는 평소에 랭스턴 휴즈가 할렘가를 떠돌며 흑인들의 삶과 비애를 몸으로 터득하여 작품으로 탄생시켰다는 사실에 시선을 집중한다. 암울한 시대에 빈민촌을 아우르며 다양한 삶의 흔적을 남기고 간 소설가 랭스턴 휴즈는 영원히 우리 곁에 남아 있을 것이다.

023
결코, 여러분은 포기하지 마라!

　우리는 보통 윈스턴 처칠(Winston Churchill) 하면 2차 세계대전을 승리로 이끈 영국의 총리를 생각한다. 그런데 좀 더 들어가 보면 노벨 문학상을 받은 인문학자임을 알 수 있다. 그래서 난세의 영웅으로 볼 수 있는 처칠은 1874년 11월 30일에 잉글랜드 옥스퍼드셔 블렌엄 궁에서 영국의 귀족 가문과 미국의 부호 집안의 전통을 물려받아 2개월 먼저 태어난 조산아로 출생하였다.

　처칠의 할아버지는 아일랜드 총독을 지냈고, 아버지는 할아버지의 비서로 일했다. 처칠의 어머니는 미국인으로 뉴욕 은행가의 딸이었다. 처칠은 학교 교사의 심술 사나운 처사와 사교에 바쁜 부모의 무관심으로 그의 어린 시절은 불행했다고 전해진다.

　처칠은 독서를 좋아하여 문학과 역사에 소질이 있고 부모의 권유로 해로우 학교를 졸업한 후 3수를 거쳐 육군사관학교 기병으로 입학하게 된다. 그는 여기서 리더십과 공동체의 규범을 익힌다. 1897년 인도 근무 중에 쓴 소설 『사브롤라』는 1900년에 출간된 처칠의 장편소설로 독재 정부에 대한 불안이 폭력적인 혁명으로 변모하는 모습을 그리고 있다. 한때 처칠은 모닝 포스트의 남아프리카 공화국 전쟁 특파원으로 근무하기 위해 군대를 떠난다.

처칠은 고교 시절에 성적이 좋지 않아 낙제한 경력을 갖고 있다. 하지만 그는 종군 기자 시절 갈고닦은 글솜씨와 전쟁 경험을 토대로 『제2차 세계대전 회고록』을 써서 1953년 노벨 문학상을 받았다. 그는 학교 강단에서 명언을 남기기도 하였다.

"결코, 여러분은 포기하지 마라!"(Naver, never, never give up!)

처칠은 1차 세계대전 당시 해군 장관직을 맡았다가 전후 정치인으로 변신하여 국회의원으로 활동하였다. 처칠은 통상 장관, 식민 장관, 해군 장관을 역임했으며 영국의 제42대(1940~45) 총리로 연합국의 승리를 가져오게 된다. 1945년 2월 얄타회담, 8월 포츠담 회담의 핵심적인 역할을 했다. 전쟁이 끝나고 처칠은 제44대(1951년~55) 총리를 역임하였다.

처칠은 틈틈이 유머를 잘 활용하였다. 매일 스트레스에 파묻혀 있는 국가 지도자에게 여유를 줌으로써 평상심을 유지하게 하여 올바른 판단을 내릴 가능성을 높여준다. 유머 감각이 있는 지도자는 포용력과 리더십이 강할 수밖에 없다.

평소에 장편소설 『사브롤라』와 『제2차 세계대전 회고록』을 남기고 간 윈스턴 처칠은 영원히 우리 곁에 남아 있을 것이다. 1965년 1월 24일에 윈스턴 처칠은 런던에서 이승을 떠나 장례식은 국장으로 거행되었으며 자신이 다니든 블래든 교회 묘지에 양친과 나란히 묻혔다.

024
에덴의 동쪽

　1930년대 대공황 시대에 사회주의 리얼리즘을 대표하는 작가로, 온화한 휴머니즘이 넘치는 작품을 쓴 존 언스트 스타인벡(John Ernst Steinbeck)은 1902년 2월 27일 미국 캘리포니아주 살리나스에서 태어났다. 아버지는 회계 담당 공무원이었고 어머니는 초등학교 교사였다. 그는 어머니의 영향으로 어린 시절부터 독서와 글쓰기를 하며 자랐는데, 특히 성경, 존 밀턴의『실낙원』을 좋아했다고 한다.

　가정형편이 어려워 고교 시절부터 농장 일을 도우며 힘들게 스탠퍼드대학에 진학하였지만, 학자금 부족으로 중퇴하였다. 그리고 뉴욕으로 와서 신문기자가 되었으나 객관적인 사실 보도가 아닌 주관적 기사를 주로 썼기 때문에 해고되어 갖가지 막노동으로 생계를 이어갔다.

이후 존 스타인벡은 노동일을 하며 여러 곳을 전전하다가 다시 캘리포니아로 돌아와 별장지기를 하면서 처녀작 『황금의 잔』(1929)을 발표하였지만, 반응이 별로 없었다. 1930년에 결혼한 후 가난과 싸우면서 1935년에 『토르티야 대지』를 발표하여 겨우 작가로서의 이름을 얻었다. 『토르티야 대지』는 캘리포니아 해안 연변의 마을 몬트리에 사는 파이사노의 생활을 따뜻한 유머와 페이소스(pathos)를 담아 그린 작품이다.

1939년에 『분노의 포도』(The Grapes of Wrath)로 "퓰리처상"을 받았다. 이 작품은 기계화 농업의 압박으로 농장에서 쫓겨난 농민들의 비참한 환경을 변천하는 사회양상과 함께 힘차게 그리고 있다. 소년 시절부터 아르바이트하며 노동자들의 절망적인 삶을 생생히 목격한 그는 자본주의 사회의 모순을 고발하여 깊은 감명을 준다. 존 스타인벡은 '그래도 희망은 있다.' '분노해야 바뀐다.'를 부르짖으며 『분노의 포도』로 1930년대의 대표적인 작가 중 한 사람이 되었다.

작가는 농부의 가슴속에 열리는 『분노의 포도』를 그려냄으로써 자본주의의 모습을 비판함과 동시에 고난에 대한 불굴의 의지와 순수한 인간애를 역설하고 있다. 그러나 이것이 어느 날 그냥 이루어진 것이 아니다. 특히 비참한 노동자들과 농부들의 삶을 그려내면서 존 스타인벡은 인기도서 작가로서 입지를 확고히 굳히게 된다. 캘리포니아 출신의 존 스타인벡은 주로 사회의식을 치열하게 담아낸 세계적인 대작가로 헤밍웨이와 포크너에 이어 미국 작가로는 3번째 노벨문학상 수상 작가이다.

1962년 노벨문학상 수상작인 『에덴의 동쪽』(East of Eden)은 남북전쟁에서 제1차 세계대전까지의 시대를 배경으로 에덴동산을 찾아 미래를 꿈꾸는 자들의 이야기를 다룬다. 처음으로 존 스타인벡이 자신의 가계도 언급한 야심작으로 인간의 원죄에 대한 깊이 있는 통찰을 독자에게 전달하고 있다.

1952년에 발표된 『에덴의 동쪽』은 캘리포니아주 살리나스(Salinas)를 배경으로 인간의 내면을 깊이 있게 들여다보는 작품으로 "캘리포니아 서사시"라고 할 수 있다. 작품의 배경인 살리나스 계곡은 작가가 어린 시절을 보낸 곳이고, 실제 작품 속에는 스타인벡의 어머니와 외가 친척들이 잠시 등장하기까지 한다. 작품의 표제 "에덴의 동쪽"은 구약 성경 창세기에서 카인(Cain)이 동생 아벨(Abel)을 죽이고 에덴의 동쪽으로 도망쳤다는 내용을 따서 붙여졌다고 한다.

『에덴의 동쪽』은 제임스 딘과 줄리 해리스가 주연을 맡아 영화로 제작되었다. 어둡고 고독한 반항아 칼 역할을 소화해 낸 제임스 딘은 2차 대전 이후 미국 청년층의 심리적인 방황을 낭만적으로 이미지화함으로써 시대의 인물로 급부상하였다. 인간의 본성에 대한 작가의 깊은 통찰이 돋보이는 작품이라 하겠다.

다양한 활동을 하고, 많은 작품을 남겼지만, 존 스타인벡은 한때 작가로서의 입지가 약해졌고, 사생활은 파란만장한 삶을 살았다. 그는 두 번 이혼하고 세 번 결혼하였다. 그리고 비교적 가벼운 내용의 대중적인 작품들을 발표하면서 『분노의 포도』가 최초의 걸작이자 마지막 걸작이라는 비아냥을 들을 만큼 작가로서의 재능을 의심받기도 한다.

존 스타인벡은 1968년 12월 20일 뉴욕 자택에서 66세로 숨을 거두었다. 사인은 심장마비였다. 그의 시신은 캘리포니아의 살리나스 가족 묘지에 안장됐다.

제4부
인생구십고래희(人生九十古來稀)

눈이 부시게 파란 하늘에 아름다운 구름 송이들이 피어올라 넓은 하늘을 수놓았을 때, 우리는 구름 꽃이 피었다고도 한다. 또는 사이좋게 재미난 이야기가 이어질 때 이야기꽃을 피운다고 한다. 듣기만 하여도 마음이 가벼워지는 말이다. 그래서 격조 높은 우리 청계문학 선생님들께서 쓰신 글들을 청계의 글 꽃이라 했다. 글은 글자로 하는 말이기에 말 꽃이라 해도 되지만, 이야기꽃이라는 말이 있어 글 꽃이라 하였다.

말-, 하기에 따라서 엄청난 묘미의 차이가 날 수 있다. 그것을 엿볼 수 있는 김삿갓 작품 한 편을 보자.

彼坐老人不似人

(피좌노인불사인)

疑是天上降眞仙

(의시천상강진선)

其中七子皆爲盜

(기중칠자개위도)

偸得碧王獻壽筵

(투득벽왕헌수연)

　　　– 김삿갓(金炳淵)의 「還甲宴(환갑잔치)」 全文

저기 앉은 저 노인은 사람 같지 않고,

마치 하늘에서 내려온 신선 같도다!

슬하의 일곱 아들은 모두 도둑놈들일세.

왕도 복숭아를 훔쳐다가 회갑잔치에 올렸으니!

　김삿갓이 어느 곳을 지나며 그 동네에서 인심 좋고 일곱 자녀까지 둔 어느 대감 집에 들렀다. 마침 칠순잔치를 여는 중이라 온 동네 사람들이 다 모인 듯 왁자지껄하였다. 행색이 남루한지라 마당 한구석에서 얻어먹을 뻔하였는데 김삿갓이라는 걸 알게 돼 마루 귀퉁이에서 먹게 되었다. 한 상 잘 먹고 나서 그 보답으로 시 한 수를 써 보이겠다고 하였다. 오라! 그 유명하다는 김삿갓의 글솜씨를 보자고 지필묵을 대령하고 주욱 둘러서서 숨죽이고 보는 사람들 가운데서 획- 써 내려갔다.

　“저기 앉은 저 노인은 사람 같지 않고, 마치 하늘에서 내려온 신선 같도다! 슬하의 일곱 아들은 모두 도둑놈들일세.” 여기까

지 써 내려가자 주위가 소란스러워지며

"뭐야! 이놈이 김삿갓이라고 대접 좀 해주었더니 아버님을 사람으로 안 보고 우리를 도둑으로 몰아! 안 되겠구먼, 몽둥이맛을 보여 주어야지!"

"아니! 쓰던 글이나 마저 쓰고 봅시다." 하며 휘리릭 써 내려갔다.

"왕도 복숭아를 훔쳐다가 회갑잔치에 올렸으니!" 즉 신선들이 주로 먹는 왕도 복숭아를 훔쳐 회갑 잔치에 올려 잘 봉양하도다. "하!하! 하!"

주인공 노인을 신선 같다 하며 자녀들의 더 없는 효성을 극찬한 글에 그 집에서 며칠을 잘 쉬고 떠나갈 때 귀한 옷도 한 벌 얻어 입었다는 이야기가 있었다. 우리도 가끔 생각을 거꾸로 해 보며 재미있는 이야기꽃을 피워 보자.

026
청계문학 가을호 발간에 즈음하여…

한여름에 가을호에 탑재할 발간사를 쓰려니 왠지 좀 생뚱맞은 생각이 들긴 하지만, 오엽낙금정(梧葉落金井)이란 말을 위안으로 삼는다. 즉 '오동나무 잎이 금정에 떨어지면 가을이 온다.'는 신호다.

가을은 누구나 다 아는 바와 같이 오곡백과가 무르익고 온 산야가 옷을 갈아입는 계절이다. 우리를 굶주림에서 해방시켜주고 형형색색으로 바뀌는 단풍은 시각을 즐겁게 해준다.

勿謂今日不學而有來日 (물위금일불학이유래일)

勿謂今年不學而有來年 (물위금년불학이유래년)

日月逝而歲不我延 (일월서이세불아연)

嗚呼老而是誰之愆 (오호노이시수지건)

少年易老學難成 (소년이노학난성)

一寸光陰不可輕 (일촌광음불가경)

未覺池塘春草夢 (미각지당춘초몽)

階前梧葉已秋聲 (계전오엽이추성)

오늘 배울 것을 내일로 미루지 말고,

올해 배울 것을 내년으로 미루지 마라!

해와 달은 가고 세월은 나를 기다리지 않으니,

오호, 늙어 후회한들 이 누구의 허물인가?

소년은 늙기 쉽고 학문은 이루기 어려우니,

일 분 일 초라도 시간을 가벼이 여기지 마라!

연못가의 봄풀은 아직 꿈에서 깨지도 않았는데,

섬돌 앞의 오동나무 잎은 벌써 가을 소리를 내는구나!

이 글은 누구나 다 알 수 있는 '주자의 권학문(勸學文)'이다.

즉 세월은 거침없이 흘러가고 나를 기다리지 않는다는 것이다.

흔히들 '하루의 계획은 아침에 달려 있고, 일 년의 계획은 봄에
있고, 일생의 계획은 젊은 시절에 달려 있다.'고 합니다. 젊어서
배우면 어른이 되어 훌륭한 일을 할 수 있고, 늙어서도 배우면
인생이 보잘것없이 쇠하지 않습니다. 이야기를 나누다 보면 배
운 것이 표시가 납니다. 배운 것은 그 사람의 말뿐만 아니라 품
성에서도 묻어납니다.

'남을 대할 때는 봄바람처럼 하고, 자신을 대할 때는 가을 서리
처럼 하자.'는 대인춘풍 지기추상(待人春風 持己秋霜)이라는 글이 있

습니다. 공자께서도 '군자는 제 잘못을 먼저 생각하고, 소인은 남을 먼저 탓한다.'고 했습니다. 독서는 계절이 따로 없다고 생각하지만, 그동안 못 읽은 책을 가을에는 읽기를 권합니다.

멀리 보는 사람은 풍요로워질 것이며, 가까이 보는 사람은 빈곤해질 것이다. 개구리가 서서히 데워지는 물에서는 위기감을 느끼지 못하듯이 우리도 서서히 추워지면 빠른 세월만 탓하고 위기감을 느끼지 못합니다. 척박한 땅의 백성은 부지런하고 기름진 땅의 백성은 게으른 법입니다. 시간이 많다고 허송세월을 한다면 나중에 후회하게 됩니다. 늙어서도 배우면 삶이 추하지 않습니다.

이처럼 우리는 독서의 계절을 맞아 '주자의 권학문'에서 보듯이 가을 서리처럼 엄하게 자기 관리를 하며 배움과 책 읽기를 부지런히 해야 함을 본다.

027
세모(歲暮)에 즈음하여

　이 글은 많이 알려진 글귀이지만, 일반에서 '사람은 날 때, 자기 먹을 것은 가지고 난다.'라고 말하고 있다.
　옛 성현의 말에

　　'天不生無祿之人'이오
　　(천불생무록지인)
　　'地不長無名之草'라
　　(지부장무명지초)

　　'하늘은 아무 소용없는 생명을 내지 않고,
　　땅은 이름 없는 풀을 키우지 않는다.'라고 하였다.

즉
'산이 버티고 바다가 버려도 일생을 걸고

꿈을 이루도록 정진해야 한다.'라는 말이다.
다시 말해, 어딘가에는 네 노릇이 있을 게다.

사람이 얼마만 한 복(福)을 가지고 태어나느냐는 누구도 알 수 없지만,
불경에 보면

    欲知前生事　　今生受者是
    (욕지전생사)　(금생수자시)

    너의 전생을 알고 싶거든
    네가 현재 사는 모습을 보면 알 수 있느니라.

    欲知來生事　　今生作者是
    (욕지래생사)　(금생작자시)

    사후에 네가 어떻게 되느냐는 것을 알고 싶으면
    네가 현재 짓고 있는 모습을 보면 알 수 있느니라.

  내생에 잘살자면 지금 현세에 착한 행동과 남을 도와주고 사회에 이바지하는 일을 많이 하는 사람은 잘살게 될 것이다. 우리가 사는 현세는 인간관계로 묶어져 있으므로 악인악과(惡因惡果)요 선인선과(善因善果)라는 원칙은 만고의 진리이며 누구도 어길 수

없는 일이다.

문단에 들어서며 '글보다 사람이 되라'는 말을 듣는다. 세모를 맞으며 문인다운 문인이 되어 보자는 말을 하고 싶은 게다. 글보다 사람이 먼저이듯이 타인의 입장과 처지를 생각해주고 서로 돕고 살며 진정한 문인의 길을 갈 때 좋은 글도 생산될 것이다.

또 한 해가 저물어 갑니다. 힘들고 어려운 일이 있더라도 낙심하지 마시고 훌훌 털어버립시다. 조물주는 다 뜻이 있어 우리를 이 땅에 보냈으니 용기를 가지고 힘차게 한 해 마무리 잘하시고 새롭게 새 한 해를 맞이합시다.

028
때가 오면 마땅히 힘써 노력하라,
세월은 사람을 기다리지 않는다

　겨울 가뭄 끝에 밤새 봄비가 살짝 내렸다. 반가운 마음에 아침 일찍 상쾌한 공기를 마시러 한강 가를 이리저리 걸어 다녔다. 겨우내 맡을 수 없었던 흙내가 나고, 여기저기서 톡톡 하며 새 생명 움트는 소리가 들리는 듯하였다. 나이 들수록 계절의 변화를 확연히 느끼며, 봄이 되면 꽃이 만발하는 자연이 더욱 소중해진다. 강물이 흐르고 흘러 바다로 가듯, 생의 의미를 이 글 한 편에서 돌이켜 본다.

人生無根蔕飄如陌上塵 (인생무근체표여맥상진)
分散逐風轉此已非常身 (분산축풍전차이비상신)
落地爲兄弟何必骨肉親 (낙지위형제하필골육친)
得歡當作樂斗酒聚比鄰 (득환당작악두주취비린)

盛年不重來一日難再晨 (성년부중래일일난재신)

及時當勉勵歲月不待人 (급시당면려세월부대인)

인생은 뿌리도 꼭지도 없는 것, 길 위의 먼지처럼 부질없이
나부낀다.
흩어져 바람 따라 떠도니, 이는 이미 무상한 몸이라.
세상에 태어나면 모두 형제 된 것이니, 어찌 반드시 골육끼리
만 친할까?
기쁜 일 생기면 마땅히 즐기리니, 한 말의 술 있으면 이웃을
불러 모으라.

청춘이 다시 오지 않는 것이, 하루에 새벽 두 번 오기 어려운
것과 같아
때에 맞춰 힘써 노력하라, 세월은 사람을 기다리지 않는다.

　　도연명(陶淵明)의 잡시(雜詩)에 나오는 구절이다.

　읽고 또 읽어보아도 참으로 좋은 말이다. 시(詩)라는 것이 사람
을 이렇게 기분 좋게 만든다는 것을…. 먹는 것보다 더 소중한
것은 우리의 정신일 텐데…. 욕이 사람을 기분 나쁘게 만드는 독
약이라면, 시는 인간을 기분 좋게 만드는 명약인 것이다. 좋은
시 한 편은 사람의 심성을 아름답게 바꿀 수도 있는 것이다.

029

내가 언제 그대를 버렸소, 그대가 벼슬을 구하지 않았지

불혹(不惑)의 나이, 40세를 넘긴 맹호연(孟浩然)은 과거시험을 치기 위해 장안으로 와서 절친한 친구인 왕유의 집에 머물렀는데, 현종이 왕유의 집을 방문하게 되었다. 전혀 이 사실을 알지 못하는 맹호연은 급한 마음에 피할 길이 없어 왕유의 책상 밑에 숨었는데, 술을 몇 순배 돌린 군신(君臣)은 얼마 남지 않은 과거시험과 세상에 숨어 있는 인재를 화제로 담소하던 중 왕유가 지금 이 자리에 동량(棟樑)이 될 만한 인재가 있다고 말하고 숨어있는 맹호연을 불러내어 현종을 알현(謁見)하게 하였다. 황제의 측근으로부터 이미 수차례 맹호연의 재주에 관해 전해 들은 현종은 은근한 기대를 하고 맹호연에게 한 수의 시를 지을 것을 명하였는데, 이에 응하여 평소 그가 가장 명시라고 자부하던 아래의 시(詩)를 황제께 바쳤다.

歲暮歸南山 (세모귀남산)

北闕休上書 (북궐휴상서)
南山歸敝廬 (남산귀창려)
不才明主棄 (부재명주기)
多病故人疏 (다병고인소)
白髮催年老 (백발최년노)
靑陽逼歲除 (청양핍세제)
永懷秋不寐 (영회추불매)
松月夜窓虛 (송월야창허)

세모에 남산 밑의 집으로 돌아와

북쪽 궁궐 황제님께 상서 그만 올리고,
남산 밑에 허물어진 오두막에 돌아왔네.

재주가 없어서 명석한 황제께서 버리시고,
병치레 잦으니 친구들도 멀리하네.

세월이 재촉하여 백발만 늘려 놓고,
봄볕은 세월에 밀려 사라져 버렸네.

가을 속 시름 안고 잠 못 이루노니,
소나무 위의 달은 쓸쓸한 밤 빈창을 비추네.

- 맹호연(孟浩然)의 시(詩)에 나오는 구절이다

　문제의 시를 감상한 황제는 칭찬은커녕 벌컥 화를 내면서 하는 말[3구(句)의 不才明主棄 (부재명주기)를 맹호연은 '황제의 재주보다 자신이 못하다.'는 뜻으로, 황제는 '벼슬도 하지 않은 사람이 나보고 자신을 버린다.'고 하는 뜻으로 해석하여 돌이킬 수 없는 오해가 생긴 것이다.] "내가 언제 그대를 버렸소, 그대가 벼슬을 구하지 않았지."라고 하면서 바로 왕유의 집을 떠났는데, 후도상비(後倒傷鼻)한 이런 이유로 맹호연은 관리가 되는 것을 포기하고 자연에 은거(隱居)하는 길을 택했다. 하필이면 맹호연은 무엇 때문에 세모귀남산(歲暮歸南山)을 택했는지 후세의 평론가(評論家)들은 논쟁(論爭)이 분분(紛紛)하다

　성당(盛唐)의 시인(詩人)들인 이백, 두보, 왕유, 맹호연, 장구령 중에 왕유와 장구령은 고관(高官)일 뿐만 아니라 현종의 총애(寵愛)까지 받은 신하이며, 이백과 두보는 도지사 정도의 관직에 근무를 거듭하고, 유일하게 단 한 번도 벼슬을 하지 못한 맹호연에게는 웃지 못할 후도상비(後倒傷鼻: 뒤로 넘겨져도 코를 다침)의 아픈 사연이 있다. 잘 아시다시피 위의 다섯 시인은 동시대 즉 현종 황제 재위 시의 아주 친한 친구 사이다. 동료인 맹호연의 정계 진출을 위하여 수고와 노력을 아끼지 않았으나 모든 노력이 물거품이 되어버린 사건이 한 수의 시(詩) 때문에 생긴 것을 보면 오늘

날 문인들에게 무언가 많은 것을 생각하게 하고 있다.

문학은 정답이 없다고 한다. 글쓰기가 얼마나 어려운가를 한 마디로 표현하는 것임을 말해주는 뜻일 게다. 어떻게 쓰면 독자가 공감할 수 있고 함께 호흡할 수 있는가를 깊이 고민해야 하며 부단히 노력하는 일만이 최선이라고 생각된다.

030

좌절감을 느낄 때
어울리는 명시(名詩)

유종원(柳宗元)은 8세기 무렵 중국 중당기(中唐期)의 시인으로 관직에 있을 때 혁신주의자로서 왕숙문(王叔文)의 신정(新政)에 참가하였으나 실패하여 변경지방으로 좌천되었다. 이러한 좌절과 13년간에 걸친 변경에서의 생활이 그의 사상과 문학을 더욱 심화시켰다. 고문(古文)의 대가로서 여러 학자와 병칭되었으나 사상적 입장에서는 서로 대립적이었다. 시는 자연의 아름다움을 노래한 산수 시를 특히 잘하여 도연명(陶淵明)과 비교되었고, 왕유(王維)·맹호연(孟浩然) 등과 당시(唐詩)의 자연파를 형성하였다.

江雪 (강설)

千山鳥飛絶 (천산조비절)
萬徑人踪滅 (만경인종멸)
孤舟蓑笠翁 (고주사립옹)

獨釣寒江雪 (독조한강설)

강에 내리는 눈

온 산에 새들도 날지 않고
모든 길엔 사람 발길 끊겼도다
외로운 배에 도롱이 삿갓 쓴 노인이
눈 내려 차가운 강에 홀로 낚시질하네.

이 시는 뭇사람이 암송하는 유명한 오언절구이다. 특히 겨울철 눈이 내리는 시기에 잘 어울리는 명시이다. 유종원이 정치적으로 좌절감을 느끼던 시기에 지어진 이 시는 작가의 좌절이나 상실에서 오는 고독감을 잘 나타낸 시다.

1, 2구에서는 온 산에 새 한 마리 날지 않고 오직 수많은 길만 있을 뿐, 사람의 발걸음 소리 들리지 않아 완전히 고립된 곳임을 말한다. 눈이 덮인 설국일 수도 있고, 복잡한 인간 세상을 벗어난 곳일 수도 있다. 인간이 살아가는 데 필요한 명예, 부, 음식, 벼슬을 비롯한 잡다한 것들이 제거된 곳으로 이런 곳을 찾고자 하는 작가의 마음이 표출된 공간이다.

3, 4구에서는 인간의 기침 흔적 없고 사방은 은색의 눈으로 덮인 배 위에서 외로이 도롱이 차림으로 낚시를 드리우고 시간을

낚고 있다. 겨울은 힘이다. 봄의 약동을 준비하는 시간이다. 눈 내리는 강 위에 배를 띄워 낚시를 드리운 노인의 모습에서 옛 중국의 화가가 즐겨 그리는 산수화를 떠올려 본다. 인간이 만든 제도와 환경 그리고 인간 자신이 만든 고통의 마음속에서 벗어나 진리를 찾는 순수한 영혼을 가진 사람이 바로 노인이고 작가 자신일 수도 있다.

　우리는 산수화에 나오는 노인처럼 어려움에 부딪힐 땐 낚시 차림으로 시간을 낚는 여유로움이 필요하지 않을까 싶다. 「강설」에서 느끼는 것처럼 문학을 매개체로 한 삶은 비교적 순수하고 맑게 자신을 지켜주는 한 줄기 청량제 같은 것이었다고 돌이켜 본다.

027
인생구십고래희(人生九十古來稀)

　　요즘 우리의 카카오톡과 인터넷 광고에는 노년을 잘 관리해서 건강하게 100세를 살자고 야단법석이다. 고희(古稀)란 70세를 뜻하는 말로 인생칠십고래희(人生七十古來稀)의 준말이다. 곡강(曲江)은 중국 장안(長安) 근처에 있는 연못으로 당의 현종이 양귀비와 놀던 곳이다. 이곳에서 두보는 어지러운 정국과 부패한 관료사회에 실망하여 관직 생활보다 시작(詩作)에 더 마음을 두었으며, 매일같이 답답한 가슴을 달래기 위해 술이나 마시면서 아름다운 자연을 상대로 시를 쓰며 세월을 보냈다. 중국 당나라 시성(詩聖) 두보가 쓴 시(詩) '곡강2(曲江2)'를 옮겨보면.

　　　朝回日日典春衣 (조회일일전춘의)

　　　每日江頭盡醉歸 (매일강두진취귀)

　　　酒債尋常行處有 (주채심상행처유)

　　　人生七十古來稀 (인생칠십고래희)

穿花蛺蝶深深見 (천화협접심심견)
點水蜻蜓款款飛 (점수청정관관비)
傳語風光共流轉 (전어풍광공류전)
暫時相賞莫相違 (잠시상상막상위)

조정에서 돌아오면 날마다 봄옷을 저당 잡혀놓고
매일 강어귀에서 만취하여 돌아오네
몇 푼의 술빚은 가는 곳마다 늘 있기 마련이지만
인생살이 칠십 년은 예부터 드물다 하지 않았는가
꽃 사이를 맴도는 호랑나비는 꽃 깊숙이 보이고
강물 위를 스치는 잠자리는 유유히 날고 있네
봄 경치여! 우리 함께 흘러가자고
잠시라도 서로 잘 지내며 賞春(상춘)의 기쁨 나누자.

　이 시는 봄날의 꽃과 술을 중심 제재로 하고 있는 낭만적 서정
시다. 시인은 생에의 번민(煩悶)을 대자연의 풍광(風光)에 비교하며
자연과 더불어 즐겨보자고 화자의 불편한 심사(心思)를 시로 묘
사했다. 두보의 곡강시(曲江詩)에서 '날마다 술집에 가서 외상으
로 술을 마시면, 인생 고희는 맞이하기 어렵다.'고 했다. 그런데
지금 그 고희를 요즘 시각으로 들여다보면, 다들 그 시절을 지내
고도 더는 늙지 않으려고 안간힘을 쓰는 모습들을 여기저기에서
볼 수 있다. 술 대신 이것저것 무언가를 배우고, 운동을 하며, 여
행 등으로 한껏 삶을 아름답게 펼쳐나가고 있다. 서두에 나온 7

언율시 '인생칠십고래희(人生七十古來稀)'에서 고희 출처를 밝히고 바야흐로 백세시대임을 말하며 장수건강의 의미를 부각시켜 인생팔십(人生八十) 아니 '인생구십고래희(人生九十古來稀)'의 시대에 와 있음을 우리는 깨닫고 있다.

'인생칠십고래희(人生七十古來稀)'를 노래하던 두보를 그리며 우리는 몇 살까지 살 수 있을까? 2016년 겨울 한국 평균 연령 82세 시대에 '인생구십고래희(人生九十古來稀)'가 합당하지 않을까? 의술이 발달하고 첨단 과학을 바탕으로 하는 100세 시대를 맞이하여 우리는 건강한 삶을 부르짖고 있음이 아닌가? 노후를 스스로 준비하고 책임지는 아름다운 고령화 사회를 기대해 본다.

032
독서백편의자현(讀書百遍義自見)

　조선 최고의 다독가(多讀家), 백곡 김득신(栢谷 金得臣, 1604~1684)
은 학문을 할 만한 재능을 가진 사람이 아니었다. 주변에서 글공
부를 포기하라는 권고에도 불구하고 그는 독서백편의자현(讀書百
遍義自見)이란 말을 그대로 실천한다. 이 글은 삼국지 위지 왕숙전
(三國志 魏志 王肅傳)에 나온다. 즉, '뜻이 어려운 글도 자꾸 되풀이하
여 읽으면, 그 뜻을 스스로 깨우쳐 알게 됨'을 의미한다. 다시 말
해, 반복 학습을 권하는 것이다. 백득독광 안철지면(栢得讀狂 眼徹
紙面) 즉, 백곡 김득신은 독서광으로, 눈빛이 종이를 꿰뚫을 정도
로 책을 읽었다.

　수만 번 외워도 잊어버리고 착각까지 했던 그는 특별한 기록을
한다. 만 번 이상 읽은 책들만 올린 독수기(讀數記). 그 속에 담긴
36개 고서에 대한 섬세한 평. 사마천 '사기(史記)' 중 '백이전(伯夷
傳)'은 그가 무려 11만 3천 번을 읽은 글.

명문 양반 가문에서 태어난 김득신은 모든 것이 늦된 어린 시절, 10세에 겨우 글자를 깨치고, 20세에 비로소 시 한 편을 짓는다. 자신의 부족함을 알기에 더욱 치열하게 노력하여 결국, 59세에 문과 급제, 성균관 입학, 당대에 인정받는 독자적인 시(詩) 세계를 이룬다. 그는 끊임없이 자신의 몸과 마음을 단련하는 치열한 삶과 공부가 필요함을 알려준 조선시대의 위대한 선비이다.

古木寒雲裏(고목한운리) 고목은 차가운 구름 속에 가려 있고
秋山白雨邊(추산백우변) 가을 산자락에 희뿌연 빗줄기 어리네
暮江風浪起(모강풍랑기) 저물녘에 강물에서 풍랑이 일어나니
漁子急回船(어자급회선) 어부는 급히 뱃머리를 돌리고 있네.

- 오언절구 김득신의 대표 시 '용호(龍糊)'-

'용호(龍糊)는 당시(唐詩) 속에 넣어도 부끄럽지 않다'
- 조선 17대 효종 임금 -

"재주가 남만 못하다고 스스로 한계를 짓지 마라
나보다 어리석고 둔한 사람도 없겠지만 결국에는
이룸이 있었다. 모든 것은 힘쓰는데 달렸을 따름이다."

- 김득신이 스스로 지은 묘비명에서 -

이처럼 글에 능했던 그였지만, 과거 시험에는 번번이 낙방하여
도 절망하지 않았다. 부친이 "60세까지는 과거에 응해 보라"는
유언에 따라 더욱 공부에 매진하여 1662년 3월, 드디어 증광시
병과에 19위로 급제한다. 실로 그가 품은 청운의 꿈은 59세에
이루어졌으니 오늘날로 치면 몇 세에 해당할까? 그의 불굴의 의
지와 도전 정신은 우리 문인의 모범이 될 만하다. 아무튼, 그가
세상에 문장가로 이름을 날린 일과 등과(登科)는 모두 독서의 힘
이었다. 즉 우리가 즐겨 가슴에 품고 있는 다독(多讀) 다작(多作) 다
사(多思)가 아닌가!

인생구십고래희(人生九十古來稀)

제5부
내게 가장 소중한 것은

033
지도력의 발휘와 갈등

　오늘날 우리나라에는 여전히 긴장 상태가 고조되고 있다. 북핵 문제가 있는가 하면, 100여 년 전 우리 주변의 강대국들이 이 문제를 자기네가 해결해야 한다면서 각기 목소리를 높이고 있었을 때를 돌이켜봐야 한다. 우리는 지금까지 나라가 요동칠 때마다 외부의 압력과 공격이 그 요인이라고들 치부해 왔지만, 실은 내부에서 더 많은 부정적 요인을 찾아야 하지 않을까 싶다. 언제나 지도력의 발휘와 고질적인 갈등을 해결의 문제로 삼아야 할 것이다.

　우리는 거슬러 올라가 임진왜란 때 이순신과 원균이라는 두 리더의 갈등 관계를 떠올릴 수 있다. 능력 있는 인재의 실체를 인정하려 들지 않음으로써 나라가 괴멸 직전에까지 가는 어리석음을 범하였다. 두 리더의 정체성을 제대로 파악하면 오늘을 사는 우리에게 올바른 목표를 설정할 수 있는 이정표가 제시될 것이라 믿는다. 어느 사이 혹독한 임진왜란을 겪은 한민족과 달리 일본인은 지도력의 부재에서 벗어나 아시아를 넘보는 강국으로 변해 있었다. 여기서 우선되어야 할 명제는 외부의 적보다는 내부의 적을 단속해야 한다는 사실이다.

1904~1905년 러 · 일 전쟁에서 막강한 러시아의 발트 함대를 완패시켜 일본에서 군신(軍神)으로까지 추앙받던 토고 헤이하치로(東鄕平八朗)가 어느 전승 모임에 참석하였을 때, 참석자 가운데 한 사람이 그를 트라팔가르 해전의 영웅인 영국의 넬슨에 버금가는 제독이라고 비유하며 칭찬하자 토고는 다음과 같이 말했다고 한다.

"칭찬을 받아 고맙기는 하지만 내가 생각하기에는, 넬슨은 그리 대단한 인물이라고 보지 않는다. 넬슨이나 나는 국가의 전폭적인 뒷받침을 받아 결전에 임했다. 그러나

이순신(李舜臣)은 그런 지원 없이 홀로 고독하게 싸운 분이시다. 진짜 군신이라는 칭호를 받을만한 제독이 있다면 이순신 정도는 되어야 할 것이다. 이순신에 비한다면 나는 부사관 축에도 들지 못하는 사람이다."

토고는 러 · 일 전쟁이 일어나기 전에 이미 이순신의 전략과 전술을 교본으로 삼아 연구하여 새로운 전법으로 러시아 발트 함대와의 해전에서 승리하였다. 이처럼 현대적인 지도력 이론에

당시의 역사적 상황을 대입하여 그들의 잘잘못을 조명. 역사로부터 교훈을 얻고 있다.

존 맥스웰의 '리더십 골드'에 의하면, '건설적인 비판을 받지 않으면 칭찬받기도 어려운 법이다. 리더가 되고 싶다면 먼저 비판에 익숙해져야 한다. 성공한 사람에게는 거의 필연적으로 비판이 뒤따르기 마련이다. 불만스러운 부분을 찾아내는 사람이 어디에나 있기 때문이다.' 그렇다. 진정한 리더가 되고 싶다면 비판과 칭찬에 익숙해져야 할 것이다.

새해 들어와 거의 1개월 동안 문인협회 선거로 문단이 온통 선거운동으로 들떠 있었다. 진정한 지도자가 되고자 지도력 발휘에 온몸을 불사르고 있음을 본다. 단체장뿐만 아니라 구성원 모두가 지도력을 발휘해야 할 때가 아닌가 싶다. 결국, 내 마음이 중심을 잃지 않고, 절제를 통하여 끊임없는 탐구와 도전 그리고 자아 성찰이 함께할 때 리더의 진정한 권위는 회복될 것이다.

소크라테스는 "너 자신을 알라."고 갈파하였다. 이제 우리는 모두 자신의 이름에 책임을 지는 진솔한 글쓰기와 무엇보다 단체의 일익을 담당하는데 인색하지 않았으면 좋겠다. 내 분량에 적합하지 않은 다작(多作)을 양산하거나 난시(難詩)로 독자의 공감을 얻으려는 행위는 위험천만이다. 그리고 새로운 한 해를 회원들과 큰 이견(異見) 없이 꾸려나갈 것이다. 곧 입춘이 오고, 파란 하늘을 그리니, 그래도 마음이 한껏 넉넉해진다.

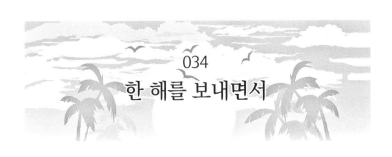

034
한 해를 보내면서

　어느덧 다사다난했던 한 해를 마무리하며 순백의 세상으로 우리를 인도하는 세모가 가까워져 오고 있습니다. 새해가 되면 벅찬 희망과 꿈으로 한 해를 시작하곤 하지만, 연말이 가까이 오면 누구나 해 놓은 것 없이 달력 속으로 많은 일이 숨어버리는 한 해를 보내는 아쉬움이 있습니다.

　여러 가지로 어려운 점이 있었지만, 한 해를 지나오면서 나름대로는 내실 있는 모임의 번영을 위해 노력하고, 순수예술을 변함없이 지향하고, 각자의 정서를 한데 묶어 이렇게 선뜻 일곱 번째 문학지를 선보이게 되었습니다. 우리 문학회에 많은 관심을 두시고 기꺼이 힘을 보태주신 향토 출신 문학 선후배님들과 임원진, 회원님께 감사와 더불어 진심 어린 경의를 표합니다.

　이 세상에는 작은 풀 한 포기에도, 바위에도, 곤충에도 나름의 모습과 존재하는 이야기가 들어 있듯이, 우리의 가슴에도 주옥 같은 삶의 이야기들이 있을 것입니다. 이것을 문학이라는 매개체를 통해 조금씩 세상 밖으로 내어놓는 것이 문인들의 창작 활동이요, 사명이라 생각합니다. 모름지기 행복도 금은보화로 만들어지기보다는, 문화 예술을 함께 공유함으로써 마음의 여유로움을 가질 수 있는 것 같습니다. 우리는 행복의 파랑새가 옆에 있다는 것을 가끔 잊어버리고 미로 속을 방황하기도 합니다.

연중행사의 하나인 군자역 시화전 행사를 내실 있게 마치고, 정읍 내장사와 미당 문학관, 인촌 생가가 있는 고창으로 문학기행을 다녀왔다. 시인의 영향력은 놀라웠다. 내장사 입구를 수놓고 있는 대우 스님의 시가 내장산 단풍과 더불어 전국에서 모여드는 관광객에게 많은 감동을 불러일으키고 있었다. 그리고 고창군 어디를 가도 국화가 지천이었고, 질마재 거리는 온통 음악이 흐르는 문화의 거리였다. 서정주 시인의 시 정신이 담긴 생가와 문학관, 그리고 그의 문학이 끼치는 영향력은 이처럼 대단하다는 걸 다시 한번 실감하고 왔다. 청계문학에서도 훌륭한 문화 예술인들이 많이 탄생하기를 바라며, 회원 각자의 향토문학 전달자로서 부단한 노력과 발전을 거듭하는 청계문학회가 될 것을 기대해 봅니다.

이 책이 따뜻한 마음의 겨울을 날 수 있는 친구가 되고, 푸근한 고향의 정을 느낄 수 있는 책이 된다면 날마다 기쁨이 가득하게 될 것입니다. 눈이 흩날리고 북풍한설 몰아치는 겨울이 오늘따라 유난히 그립습니다. 이번 문학지를 펴내면서 여러분의 따뜻하고 정겨운 웃음소리가 귓가에 은은하게 들려오길 기대하는 것은 우리 모두의 소망일 것입니다.

또한, 청계문학의 발전과 화합을 위해 늘 관심을 두고 따뜻한 마음으로 성원해주신 모든 분께 거듭 마음속 깊이 감사의 인사를 드리며 우수한 작품을 빚어 신인상과 문학상을 받으시는 수상자에게도 회원들의 따뜻한 마음을 모아 축하의 박수를 보냅니다. 이 순간에도 우리 청계 문인들은 더 좋은 문학지로 거듭나기 위해 또 다른 여정을 계속할 것이며 여러분과 더불어 기쁨과 슬픔을 함께할 것입니다.

035

마음의 눈이 깨어있어야

유례가 없는 듯, 올여름 불볕더위가 '장마 가뭄'이라는 신조어를 만들어 냈다. 싱그러운 여름, 찌는 듯 펼쳐진, 하얀 바다가 있는 우리의 삶 속에서 "꼭 그럴까요?"라고 물을 수 있는 그런 것들이 있다고 한다.

길을 걷다가 가끔 깨진 아스팔트나 보도블록 혹은 벽돌담 아래 틈 사이로 키 작은 풀들이 드문드문 자라는 것을 본다. 매연과 흙먼지를 뒤집어쓰고 질주하는 차들의 소음까지도 그 틈 사이에 꾹꾹 다져 넣는 그들의 삶이 곧 길이어서 사람들이 무심코 밟고 지나가다가도 쓰러져가는 풀잎에 다가가 만져도 보고 관찰도 한다. 스스로 누구의 도움도 없이 다시 일어나 연둣빛으로 살아나는 생명의 집념이 마음 한구석을 뭉클하게 한다.

어쩌면 시도 때도 없이 온몸을 밟고 지나가는 그 숱한 시련의

무게를 저리 묵묵히 견뎌내고도 아무 일도 없었다는 듯 태연한 얼굴을 내밀 수 있을까! 난 풀잎의 내공만큼도 갖지 못한 어쭙잖은 몸짓으로 무모한 날갯짓을 한 것은 아닌가! 그래서 가슴속에 있는 뜨거운 언어가 삶의 곳곳에 떠돌고 있어 책상 앞에 앉아 원고를 뒤적거리고 있는지도 모른다.

행복과 불행은 가까이 있는 듯하지만 먼 곳에 있기도 하다. 행복은 모든 사람이 염원하지만 그렇게 쉽게 찾아오지는 않는다. 그러므로 행복이 소중한지도 모른다. 그러면 그 귀한 행복을 어디서 찾을 것인가? 우선 마음의 눈을 떠야 한다. 왜냐하면, 행복은 마음속에서 꽃이 피기 때문이다.

눈을 못 뜨면 아무것도 볼 수 없듯이 행복한 마음을 갖지 못하면 행복을 발견할 수 없다. 마음의 눈을 뜬 사람은 캄캄한 밤길을 걸으면서도 행복을 느낄 수 있으며 물 한잔을 마시고도 행복을 맛볼 수 있다. 그래서 오늘날 점점 불행의 그림자 속에서 벗어나지 못하고 있는 많은 사람을 위해서도 누구나 작가 정신을 가지고 글을 써야 하는지도 모른다.

이런 이야기도 있다. 눈이 펑펑 쏟아지는 어느 등산길에 어떤 사람이 쓰러져 신음하고 있었다. 그런데 앞서가던 사람이 못 본 체 그냥 지나쳐 버렸다. 뒤에 가던 사람이 그를 부축하고 끙끙거리며 힘들게 민가를 찾아 내려갔다. 한참 내려가다 보니 혼자 앞서가던 사람이 추위를 못 이겨 쓰러져 죽어 있었다. 그러나 부축하고 가던 사람은 둘이 함께 목숨을 건졌다. 힘들게 부축하고 내려갔기 때문에 오히려 체온이 높아져 추위에 견딜 수 있었다. 어쩌면 이웃들에게 맑은 향기를 나눠주며 누구에게나 따뜻한 등불이 될 것임을 다짐해야 하는지도 모른다. 이처럼 정신문화가 메말라 가는 이 시대에 문학을 통해 삶을 지혜롭게 가꾸어 가는 사람을 세상은 자랑스럽고 존경스럽게 바라보게 되리라.

036
내게 가장 소중한 것은

어느 날 문득 누군가가 "이 세상에서 자신에게 가장 중요한 것은 무엇입니까?"라고 묻는다면 뭐라고 대답할까? 대부분 사람은 가족이나 친구, 명예, 추억, 건강, 부 아니면 꼭 집어 이야기하기 어렵다는 등의 다양한 대답을 할 것이다. '세상에서 가장 소중한 때는 지금 이 순간이고, 가장 소중한 사람은 지금 자신과 함께 있는 사람이고, 가장 중요한 일은 지금 내 곁에 있는 사람을 위해 뭔가 좋은 일을 하는 것'이라고 러시아의 대문호 톨스토이는 일찍이 주장하였다. 그렇습니다.

톨스토이의 '인생론'에선 과거란 흘러간 시간이기에 무슨 수를 써도 되돌아올 수 없는 시간이고, 미래란 신의 영역으로 누구도 알 수 없는 시간이기에 바로 '지금'이 가장 중요하다고 말하고 있다. 시간이 흐를수록 함께 일하는 사람이 가장 소중하다는 것을 뒤늦게 깨닫는 경우가 많다. 그만큼 지금의 자신과 함께하는 사람과 시간이 세상에서 가장 소중하고 중요한 것이다.

'꽃은 바람이 있어야 향기롭고, 사람은 거리가 있어야 향기롭다.'는 어느 시인의 말처럼 꽃향기는 바람이 있어야 느낄 수 있고, 고슴도치처럼 서로 온기를 느끼기 위해 너무 가까이 가면 상처를 입듯이 사람도 적당한 거리에서 사랑을 느끼는 지혜가 필요하다. 동료와의 사이에 서로 가지려고 소유하려고 하는 데서 상처를 입는다. 나무들을 보라. 서로 적당한 간격(間隔)으로 떨어져 있어야 하지 않은가!

어느 책에서 읽었던 구절이 떠오른다. 중용 14장에 '군자 소기위이행 불원호기외(君子 素其位而行 不願乎其外)'라는 말이 있다. 즉 '군자는 현재의 위치를 바탕으로 하여 행하고, 그 밖의 것은 원하지 않는다'로 해석된다. 지금 이 순간 자신이 딛고 있는 이곳의 소중함을 알고 바로 그 자리에서 전념한다는 의미로도 해석할 수 있겠다.

누구나 납득할 수 있는 내용이지만 아무나 실천하기는 어렵기에 그렇게 행할 수 있는 사람을 군자라고 부르는 것이다. 어떤 일이든 결과를 만들어 내는 데 있어서 중요한 것은 능력보다는 집중력이다. 아무리 뛰어난 능력이 있어도, 한 곳에 집중하지 못하고 여기저기 기웃거린다면 결국 아무것도 이루지 못한다. 반면 재능이 부족하더라도 한 곳을 집중해서 꾸준히 밀어붙인다면

뚫지 못할 벽이 없을 것이다.

맹모단기(孟母斷機)라는 고사에 의하면, 학문에 전념하기 위해서 집을 떠나 있었던 맹자가 하루는 기별도 없이 집으로 돌아오니, 맹자 어머니는 베틀에 앉아 길쌈을 하고 있었다.
"공부를 끝마쳤느냐?"
"아직 마치지 못했습니다."
그러자 맹모는 짜고 있던 날실을 끊어 버리고 이렇게 꾸짖었다.
"네가 공부를 중도에 그만두고 돌아온 것은 내가 짜고 있던 베의 날실을 끊어버리는 것과 같은 것이다."
맹자는 어머니의 이 말에 크게 깨달은 바가 있어 다시 스승에게 돌아가 더욱 열심히 공부하였다. 그리하여 훗날 공자에 버금가는 대유학자가 되었을 뿐만 아니라 성인으로 추앙받게 되었다.

우리는 설사 하찮은 일이라고 하더라도 현재 내가 하는 일이 내겐 가장 소중한 선물이라 여기며 살아가는 것이 인생에 있어 또 하나의 기쁨이자 행복이 아닌가 싶다. 그 누구도 과거란 벽에 갇혀 끙끙대지 말고 불확실한 미래의 환상에도 사로잡히지 말며 현재 내 앞에 있는 사람을 가장 소중하게 여기며 살아가는 삶을 예찬해본다.

037
시와 시화전의 바람

불과 여러 해 전만 해도 문학과 시(詩)와 시화(詩畵)란 단어가 좀 어색하였으나 지금은 문인, 나아가 지성인이면 지녀야 할 덕망으로 문학, 서예, 그림, 낭송 등이 유행처럼 번져 누구나 이를 논하는 시대로 다가왔다.

국제적 명소로 알려진 "인사동 문화의 거리"에, 지하철 역사 벽면에, 심지어 고샅길 울타리에도 대중이 있는 곳이면 어디에서나 시 한 수를 읽는 것은 그리 낯설지 않다. 시, 서, 화 등의 수강생모집 광고를 보면 다시금 걸어온 이 길이 자랑스럽고 보람도 있음을 느낀다. 이는 문학을 사랑하는 독자나 예술가가 아니더라도 국민적 관심이 있음을 우리는 본다.

보시다시피 요즘은 예술이 아니더라도 대한민국 어디서나 국민의 복지향상과 건강을 위하여 다양한 시스템의 종목이 문을 열어 거듭 발전하는 국력 신장에 명품처럼 시대의 유행인양 번지고 있다. 시 창작, 소설, 컴퓨터, 서예, 그림, 수영, 악기, 춤 등 수많은 강좌에 남녀노소를 가리지 않고 우리의 눈을 현혹하고 있다.

사실 명품 하면 예전에는 여성들의 액세서리가 대명사처럼 그것도 고가의 명품이 자신을 움직여주는 몸을 돋보이게 한다고 생각해왔다. 시대가 변하여 저가의 명품도 종목에 따라 내용에 따라 명품대열에 들어섰다. 시, 서, 화를 다듬어 대한민국 명소에서 펼친다면 그 또한 의미가 있고 고가 명품이 아닐까?

명품의 사람을 한번 찾아보자. 언제나 긍정적이고 환한 얼굴로 경직된 마음을 풀어주는 사람. 남을 비하하는 말보다 격려의 말을 할 줄 아는 사람. 시간 약속을 잘 지켜 마음을 놓이게 하는 사람. 신나게 일하고 자신감이 넘쳐있는 사람. 신용을 목숨처럼 소중하게 여기는 사람. 독서와 꾸준히 글 쓰는 사람 등. 이런 사람들이 걸치고 가진 것들은 덩달아 모두 명품이 아닐까?

038
문학은 삶의 가치를 높여주는 수행

창가에 먼동이 튼다. 오가는 자동차 소음들이 새벽의 여명에서 나를 깨운다. 시계를 보니 새벽 5시다. 일어나 주섬주섬 옷가지를 챙기고 모자를 쓴 채 운동화 발로 바삐 발걸음을 옮긴다. 새벽을 알리는 사람들의 행렬들이 하나둘 한강 둑으로 발걸음을 움직이기 시작한다. 벌써 잠실대교 아래 운동기구에는 빈자리가 없다. 행복한 하루의 시작, 여유로운 행복의 시작이다.

소설가 공지영의 '수도원 기행'에 이런 글귀가 나온다. '죽은 물고기만 물을 따라 흘러간다.' 여기서 물은 개인에게 각자의 인생일 것이고, 사회적으로는 역사의 흐름일 것이다. 흘러가는 물 속에서 물고기가 머물러 있으려면, 아니 더 앞으로 나아가려면 끊임없이 지느러미를 휘저어야 한다. 즉, 이 말은 자신의 인생과 역사의 흐름에 당당해지려면 그 흐름에 떠밀려 그냥 그렇게 되는 대로 살아가는 사람이 아니라, 인생과 역사의 흐름을 스스로 개척하는 사람이 되어야 한다는 의미이다. 그런 삶을 살고자 할 때, 문학은 여러분이 처한 위치를 깨닫게 하는 거울이 될 것이며, 지느러미에 힘을 주는 자양분이 될 것이다.

김진국의 "새의 비상(飛翔) -그 존재론적인 환열(歡悅) -박남수 시의 현상학적 해석"에 의하면, 박남수 시(詩)의 출발점은 시인으로서 그가 지니고 있는 눈길을 형상화함으로 시작된다. 사물을 응시하는 시인의 시선과 새를 겨냥하는 포수의 시선 사이의 아날로지 (analogy)를 발견할 때 그는 시인으로서 자아를 각성한다. 데카르트가 철학자로 사는 삶을 시작할 때 '사유(思惟)함으로 존재함'을 성찰하였듯이 그는 겨냥함으로 존재함을 깨닫는 데서 시인이 된다.

새는 울어
뜻을 만들지 않고,
지어서 교태로
사랑을 가식하지 않는다

-포수는 한 덩이 납으로
그 순수를 겨냥하지만
매양 쏘는 것은
피에 젖은 한 마리 새에 지나지 않는다.

위의 시는 박남수의 「새」에 나오는 글 일부이다. 이 시는 새의 순수성(純粹性)이 인간에 의해 어떻게 파괴되는가를 날카롭게 보임으로써 인간(포수)의 불순성(不純性)을 비판한 작품이다. 시적 자아는 새의 순수한 모습을 말하면서 간접적으로 인간과 그 문명 속에 자리 잡고 있는 거짓에 대해 비판하고 있다. 무의미한 울음을 울고 무작위적(無作爲的)인 몸짓을 하는 새가 순수의 실체라면, 그러한 순수를 지향하되 그 순수를 더럽히는 인간이라는 관념이 이 시의 시작과 끝을 이루고 있다. 하늘과 대지의 상거(相距)만큼이나 먼 새와 인간 사이의 거리가, 인간 행위의 순수성에 대한 자각을 일깨우고 있다.

시인 박남수는 순수 동경과 순수에의 지향을 그의 시 창작에까지 파급시켜, 되도록 의미를 배제한 언어와 언어의 엄밀한 결합으로서 예술적인 순수상태를 구축하여 그가 포착한 순수정신을 언어의 분야에서도 실현하려 애쓴 듯 보인다.

서두에 저 시편들을 두게 된 것은, 근래 빈번한 문학 세미나에서 새 소리를 들으며 대자연의 오묘한 싱그러움에 "아하 그렇구나! 그렇구나!"라고 떠오른 감동 감격! 그것은 작금 우리 시의 애매모호 억지 꾸밈이 덜한, 진실이 담겨 있어 감동을 주는 글이 진정한 문학의 흐름이며 따라서 글을 통해 삶의 가치를 높이고 성숙한 자아를 찾고자 부단한 노력을 해야 할 것이다.

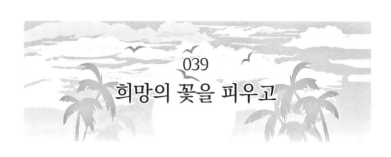

039

희망의 꽃을 피우고

2010년 5월 19일
인사동에서 열세 명으로
창립하여
이년 여 동안 가꿔온 경작지에
이제 꽃망울을 맺으며
오늘을 펼칩니다

어둠의 터널을 지나
서툰 걸음으로 저 높은 곳을 향하여
오르고 또 오르며
어려움을 딛고 일어섰습니다

마음을 나누고
손에 손을 잡고 용기와 격려로

물을 주고 가꾸기를 서슴지 않았습니다

언제나
고비마다
세계로 가는 미지의 길에
희망의 꽃을 피웁시다

창의성과 끊임없는 노력으로
꿈의 동산을 만들고
계속
힘차게 가꾸어 나갑시다
의연하게
미래를 향하여.

040
거대한 흐름 속에 합류합니다

유난히 많이 내리던 장맛비와 찌는 듯 늦더위도 물러가고 요즈음 하늘은 맑게 갠 전형적인 가을 날씨입니다. 올여름엔 집중호우로 인한 인명 피해 소식이 간간이 들려오고 긴긴 장맛비가 끝나기 무섭게 후텁지근한 무더위도 계속되었습니다. 그런데도 집필활동에 여념이 없으신 문인들의 노고가 있어, 부족하지만 『청계문학(淸溪文學)』 계간지가 이 가을 문턱에 들어서며 창간호를 내게 되었습니다.

2008년 11월 18일 포털 다음 (Daum)에 카페 "청계문학회"가 개설되고, 2010년 5월 19일 인사동 〈번지 없는 주막〉에서 "청계문학회"가 창설되고 2011년 3월 17일에는 『청계문예대학』이 개설되어 오늘에 이르렀습니다. 오늘이 있기까지 그동안 많은 선생님께서 지켜주시고 아껴주시는 덕분에 오늘의 청계문학회가 존재하게 되었습니다.

개방된 인터넷 사회에서는 독자가 기존 문학 보급의 일방적인 수용자가 아니라 스스로 문학을 창작하고 향유하는 능동적인 역할을 할 수 있었습니다. 또한, 다수의 사람과 생생하고도 즉각적인 방식으로 문학에 대한 의견과 감상을 주고받을 수도 있었습니다. 그리고 무엇보다 대중들의 글쓰기 능력과 문학에 대한 애정과 이해가 목적에 부합하는 가능한 수준에 이르렀다는 자신감에 힘을 얻어 카페 『청계문학회』는 개설되었습니다.

그리하여 청계문학회는 다양한 집필 방을 통해 기성 문인은 물론, 실력과 열의를 갖춘 회원들에게 꾸준히 작품 발표의 공간을 제공했습니다. 그뿐만 아니라, 카페 내의 다양한 메뉴를 통해 삶에 대한 진솔한 대화와 유머를 나눌 수 있도록 문인들의 정서적인 교류를 활성화하는 데도 큰 노력을 기울였습니다.

그 결과, 문인들이 계신 곳의 물리적 거리와 바쁜 일정 등으로 인한 회합의 어려움에도 불구하고 중곡동 사무실에서 매년 8회 정도의 문학회 모임을 열 수 있었습니다.

짧다고 하면 짧고 길다고 하면 길다고 할 수 있는 2~3년 동안 카페 『청계문학회』가 개설되었을 때부터 지금까지 자리를 지켜주신 문인(회원)들이 계십니다. 그 밖에도 많은 문인이 카페 『청계문학회』를 거쳐 사이트 활성화와 창작 활동에 말로 표현하지 못할 큰 도움을 주셨습니다. 또한, "청계문예대학"에서는 훌륭

하신 선생님을 모시고 적지 않은 수강생에게 빛나는 문학 강의가 있었습니다. 그 덕분에 계간지를 만들어 세상에 내보이게 되었습니다.

오늘날 순수문학 출판시장의 어려움은 익히 잘 알려져 있습니다. 그러나 훗날 한국 문학의 양적인 팽창과 질적인 상승이 당연하게 회자할 때, 거기에 청계문학회 문인들의 문학에 대한 아낌없는 헌신이 그 거대한 흐름 속에 보탬이 되어 계간지 발행을 계속 추진하여 나가고 있습니다.

인생구십고래희(人生九十古來稀)

제6부
동방의 등불

041
청계 사화집을 발간하며

봄이 오는 길목에 닫힌 마음의 문을 열고 희망의 나래를 펼쳐 본다. 맑게 갠 파란 하늘을 배경으로 산과 들, 강가에서 할미꽃 진달래꽃 수양버들이 그림자를 남기라며 손짓한다. 그런데도 집 필활동에 여념이 없으신 문인들의 노고가 있어, 이 봄에 청계문학(淸溪文學) 봄호 출판기념회가 끝나자 사화집 창간호를 내게 되었습니다.

2008년 11월 18일 포털 다음(Daum)에 카페 『청계문학회』가 개설되고, 2010년 5월 19일 인사동 『번지없는주막』에서 『청계문학회』가 창설되고 2011년 3월 17일에는 『청계문예대학』이 그리고 2013년 2월 22일에 『엘리트 출판사』가 개설되어 오늘에 이르렀습니다. 오늘이 있기까지 그동안 많은 선생님께서 지켜주시고 아껴주시는 덕분에 청계 사화집을 출간하게 되었습니다.

개방된 인터넷 사회에서는 독자가 기존 문학 보급의 일방적인 수용자가 아니라 스스로 문학을 창작하고 향유하는 능동적인 역할을 할 수 있습니다. 또한, 다수의 사람과 생생하고도 즉각적인 방식으로 문학에 대한 의견과 감상을 주고받을 수도 있습니다. 그리고 무엇보다 대중들의 글쓰기 능력과 문학에 대한 애정과 이해가 목적에 부합하는 가능한 수준에 이르렀다는 자신감에 힘을 얻어 카페 『청계문학회』는 개설되었습니다.

그리하여 청계문학회는 다양한 집필 방을 통해 기성 문인은 물론, 실력과 열의를 갖춘 회원들에게 꾸준히 작품 발표의 공간을 제공했습니다. 그뿐만 아니라, 카페 내의 다양한 메뉴를 통해 삶에 대한 진솔한 대화와 유머를 나눌 수 있도록 문인들의 정서적인 교류를 활성화하는 데도 큰 노력을 기울였습니다. 그 결과, 문인들이 계신 곳의 물리적 거리와 바쁜 일정 등으로 인한 회합의 어려움에도 불구하고 청계문학과 청계 사화집이 탄생하게 되었습니다.

오늘날 순수문학 출판시장의 어려움은 익히 잘 알려져 있습니다. 앤솔로지(Anthology) 운동은 여러 목소리가 한데 어우러진 합창입니다. 청계문학 출신 여러분의 예술혼이 담겨 있는 맑은 목소리가 『청계의 향기』를 읽는 독자의 가슴에 깊이 전해지길 기대해 봅니다.

042

사랑을 전달하는 문집이 되길…

중국 당나라 때에 활동한 고음시인(苦吟詩人)으로 맹교(孟郊, 751-814)와 가도(賈島, 779-843)가 있다. 그들은 시어를 조탁하는 일에 골몰하여, 시어 한 자도 진지하게 단련하여 소박한 정취를 쌓아 올리는 시풍을 지녀, 퇴고(推敲)의 어근(語根)이 되기도 하였다.

시인은 기승전결의 구조가 있고 압운과 운율을 고려하여 시인 자신의 사상과 정서를 합리적으로 압축하여 예술적 여운이 살아 있는 시를 창작해야 한다. 따라서 시 한 편에 작가의 인격과 학문이 드러날 수밖에 없다. 우선 주제와 그에 따른 정서를 해결하기 위해 간단명료하면서도 생동감 있는 시어를 선택해야 한다. 맹교는 참담한 심정을 토로하면서 자신이 시 짓는 정황을 아래와 같이 술회하였다.

무자초문자(無子抄文字)

노음다표령(老吟多飄零)

유시토향상(有時吐向床)

침석불해청(枕席不解聽)

　－ 맹교, 「노한(老恨)」全文

자식도 없이 시나 짓고 있는데,

늘그막에 읊조리니 쓸쓸하고 처량하구나.

때로는 누워서도 시를 읊어 보지만,

잠자리는 들어도 알지 못하네!

　맹교는 일생 가난한 살림에 '한평생 시만 읊느라 백발이 되는 줄도 몰랐네.'라고 하였지만, 가도는 '일일부작시(一日不作詩) 심원여폐정(心源如廢井)'이라고 하였다. 즉 '하루라도 시를 짓지 않으면, 마음이 말라버린 우물과 같다.'고 말했다.

　이처럼 우리는 고음파(苦吟派) 시인들의 작품활동을 일별해 보며 감탄사를 보낸다. 시(詩) 두 구를 얻기 위해 무려 3년 동안 퇴고(推敲)하는 그들의 창작 모습에 감동의 눈물을 흘리는 독자를 상상해본다.

043
동방의 등불

라빈드라나트 타고르는 1861년 5월 7일, 인도 벵골주 캘커타의 최상층 브라만 가문에서 태어났다. 타고르는 7세에 학교에 들어가 8세에 처음으로 시를 썼다. 그리고 14세 때인 1875년에 그의 시가 처음으로 잡지에 간행되고, 타고르 가문은 '벵골 르네상스'로 일컬어지는 사회 및 문화 운동 덕분에 타고르는 집안에서 발행하는 여러 문학잡지를 무대로 문학적 재능을 일찌감치 나타낼 수 있었다. 이후 타고르는 시, 희곡, 단편소설, 비평, 수필 등 여러 가지 분야의 작품을 발표하며 다양한 실험에 몰두한다. 1890년에 발표된 시집, 『마나시』에서 타고르의 천재성을, 그의 시, 「기도」에서는 힘과 용기를 얻는다.

> 위험으로부터 벗어나게 해달라고 기도하지 말고,
>
> 위험에 처해도 두려워하지 않게 해달라고 기도하게 하소서
>
> 고통을 멎게 해달라고 기도하지 말고,

고통을 이겨낼 가슴을 달라고 기도하게 하소서

인생의 싸움터에서 동료를 보내 달라고 기도하는 대신,

스스로의 힘을 갖게 해달라고 기도하게 하소서

불안한 두려움이 해결되기를 갈망하기보다는,

스스로 자유를 찾을 인내심을 달라고 기도하게 하소서

나 자신이 성공했을 때만

신의 자비를 느끼는 비겁자가 되지 않도록 하시고,

내가 실패했을 때에도 당신의 손이 나를 붙들고 있음을 느끼게 하소서!

-「기도」, 타고르

타고르는 1912년에 영국으로 건너가 W. B. 예이츠의 도움으로 예이츠의 서문을 덧붙인 영어판 『기탄잘리』가 영국에서 간행되었다. '타고르의 시는 평생 내가 꿈꾸던 세계를 보여 줬다'며 시집의 서문을 쓴 예이츠의 극찬에 힘입어 타고르는 하루아침에 인도를 대표하는 시성(詩聖)으로 전 세계에 각인되었다. 이듬해인 1913년에 타고르는 노벨 문학상을 수상하여, 아시아인으로는 처음 있는 일이어서 더욱 주목을 받았다. 이로 인해 타고르의 문학이 '인도 문학'으로서 주목을 받으며 거의 문학 전 분야에서 개척자로 인정받게 된다.

인도의 시성 타고르는 자기 관리에 대해 엄격하기로 유명하다. 어느 날 제자들이 스승 타고르에게

"어떤 사람이 인생의 승리자입니까?"

라고 질문을 하였다. 스승이 대답하기를

"자기를 이기는 사람이다."

"자기를 이기려면 어떻게 해야 하느냐?"

고 제자들이 물으니, 스승은 자기를 이기게 하고 인생을 살리게 하는 질문 5가지를 제시하였다.

> 1, 오늘은 어떻게 지냈는가?
>
> 2, 오늘은 어디에 갔었는가?
>
> 3. 오늘은 어떤 사람을 만났는가?
>
> 4, 오늘은 무엇을 하였는가?
>
> 5, 오늘은 무엇을 잊어버렸는가?

1931년 아인슈타인은 '당신은 온화하고 자유분방한 당신의 사상을 만방에 전하여, 전 인류에 지대한 기여를 하였습니다.'라고 생일을 축하하는 편지를 타고르에게 보냈다. 그리고 타고르의 노력으로 수많은 인재가 산티니케탄에서 배출되었으며, 인도와 방글라데시의 국가(國歌)가 바로 그의 작품이다. 하지만 무엇보다도 우리에게 친숙한 타고르의 시는「동방의 등불」이다.

> 일찍이 아시아의 황금시기에/ 빛나던 등불의 하나였던 코리아
>
> 그 등불 다시 한번 켜지는 날에,/ 너는 동방의 밝은 빛이 되리라.

−「동방의 등불」, 타고르

　1929년에 일본을 방문한 타고르에게 동아일보 기자가 찾아가 조선 방문을 요청했으나, 일정상 불가하다며 사과의 뜻에서 윗글을 써 주었다는 일화가 있다. 이후 타고르는 간디와 함께 인도를 대표하는 지식인 겸 유명인사로 존경받았다. 1941년 8월 7일에 타고르는 병으로 작고하였다. 타고르는 가문의 배경 덕분에 최고의 교육을 받았지만, 성적은 바닥에 머물렀다. 정규 교육을 포기하고, 세계를 향해 눈을 뜬 덕택으로 문학적 재능을 일찌감치 나타낼 수 있었다.

044
의사 지바고와 라라의 사랑

보리스 파스테르나크는 1890년 2월 10일 모스크바에서 태어나 교양 있는 유대계 가정에서 성장했다. 아버지 레오니드는 유명한 화가로 소설가 레프 톨스토이, 시인 라이너 마리아 릴케, 작곡가 세르게이 라흐마니노프와 교류하였으며 레닌의 초상화를 그리기도 하였다.

어머니는 피아니스트로 파스테르나크가 어린 시절 조숙한 시인으로 음악가가 되기를 꿈꾸었으나 철학으로 방향을 바꾸어 모스크바 대학과 독일 마르부르크 대학에서 철학 강좌를 수강했다. 하지만 러시아로 귀국하여 1913년 모스크바 대학을 졸업하고 문학의 길을 걷는다. 이어 1914년 처녀 시집『구름 속의 쌍둥이』를 출간하면서 이후 역량 있는 서정시인으로 주목받기 시작했다. 이 시기의 시는 상징주의의 영향을 반영하며 러시아의 기준으로 볼 때는 비록 전위적이었으나 결국 성공을 거두었다.

파스테르나크는 장편소설 『의사 지바고 (Doctor Zhivago)』로 1958년도 노벨 문학상 수상자로 결정되자 소련 내에서 커다란 반대가 일어나 수상을 거부했다. 러시아 혁명의 잔혹함과 그 여파 속에서 펼쳐지는 방황, 정신적 고독, 사랑을 서사적으로 기술한 이 소설은 국제적으로 베스트셀러가 되었으나 소련에서는 비밀리에 번역본으로만 배포되었다.

보리스 파스테르나크는 모스크바 교외 페레델키노에서 암과 심장병으로 여생을 보내다가 1960년 5월 30일 작고하였다. 1987년에야 소비에트 작가 동맹에서 파스테르나크의 사후 복권을 허락함으로써, 1958년 작가 동맹에서 추방된 이후 불법으로 되어 있던 작품들의 적법성이 인정되었고, 드디어 『의사 지바고』가 소련 내에서 출판될 수 있었다.

『의사 지바고』의 줄거리를 간략히 들여다보면, '부유한 가정에서 태어난 지바고는 부모를 일찍이 여의고 모스크바에 있는 상류 지식인 가정에 입양되어 성장한다. 양부모의 딸 토냐와 결혼하고 제1차 세계대전 때 군의관으로 복무하다가 간호사인 라라를 만나 운명적인 사랑을 하게 된다.

전쟁은 혁명으로 이어지고 모스크바로 돌아온 지바고는 혼란을 피해 가족과 함께 우랄의 외딴 마을로 이사하는데 그곳에서 다시 라라를 만나 사랑을 불태운다. 아내 몰래 라라의 집을 드나들던 중 빨치산의 포로가 된 지바고는 군의관으로 강제 징용되어 시베리아를 전전하고 가족은 파리로 망명한다. 빨치산에서 탈출한 그가 라라의 집으로 돌아와 그녀와 같이 생활하지만, 혁명군의 지도자였던 그녀의 남편이 총살되자, 위험에 빠진 라라는 이르크츠크로 도망간다.

라라와 헤어진 지바고는 모스크바로 돌아와 옛날 하인의 딸과 재혼한다. 그는 의사였으나 온 정열을 시를 쓰고 번역하는 일로 궁핍한 생활을 꾸려나갔다. 여름이 끝나갈 무렵 취직한 병원에 출근하려고 전차를 탔다. 지난 세월을 되새기며 길바닥에 뛰어내려 쓰러진 채 심장마비로 숨을 거두고 만다. 모스크바에 들렀던 라라는 지바고의 상가(喪家)를 우연히 발견하고는 슬픔에 젖어 오열하고 만다.'

시인 안드레이 보즈네센스키가 주도한 평가위원회는 복권에 덧붙여 페레델키노에 있는 파스테르나크의 집에 기념관을 세울 것을 주장하여, 모스크바 근교에 있는 작가촌 페레델키노에는 보리스 파스테르나크의 묘지와 기념관이 있다. 파스테르나크는 역량 있는 서정시인으로 초기의 작품집으로 인해 『의사 지바고』를 탄생시키는데 일찌감치 문학적 재능을 나타낼 수 있었다.

인생구십고래희

초판인쇄 2023년 3월 13일 초판발행 2023년 3월 18일

지은이 장현경
펴낸이 장현경 펴낸곳 엘리트출판사
편집 디자인 마영임
등록일 2013년 2월 22일 제2013-10호

서울특별시 광진구 긴고랑로15길 11 (중곡동)
전화 010-5338-7925
E-mail : wedgus@daum.net

정가 14,000원

ISBN 979-11-87573-38-8 03810